悪役令嬢は隣国の王太子に溺愛される 9

ぷにちゃん

JN066522

B's-LOG BUNKO
ビーズログ文庫

イラスト／成瀬あけの

Table of Contents

悪役令嬢
ティアラローズ・
ラピス・マリンフォレスト
アクアスティードに溺愛されている、
元・ラピスラズリ王国の
ラピス侯爵家令嬢。
続編メイン攻略対象
アクアスティード・
マリンフォレスト
留学中、ティアラを見初めた
隣国マリンフォレストの国王。
悪役令嬢は
隣国の王太子に
溺愛される
9
Characters

初代ヒロイン
アカリ
乙女ゲーム「ラピスラズリの指輪」
のヒロイン（プレイヤー）。
ダレル・ラピス・
クラメンティール
ティアラローズの義弟。
希少な治癒魔法の使い手。
フィリーネ・サンフィスト
サンフィスト男爵家令嬢。
ティアラローズの忠実な侍女。
続編攻略対象
エリオット
アクアスティードの優秀な側近。
真面目で誠実。

プロローグ

愛すべき姫

『しゅうごう〜！』

森の妖精《ようせい》が声をあげると、辺り一帯から背中に羽の生えた妖精が一斉《いっせい》に姿を現した。全員が、森の妖精だ。

『ばんごう！』

『いちっ！』

『に！』

『さーん！』

『よんっ！』

……と、順番に妖精が返事をしていく。しかしこれをずっと行っていくと時間がかかりすぎるため、『じゅう！』というところで集合をかけた妖精からストップがかかる。

『全員いるみたいだね〜』

『はーい！』

最終的にざっくりした人数確認《かくにん》になったが、おそらく正確な人数まで確認するつもりはないのだろう。

ここはマリンフォレストの王城の裏庭で、妖精たちのお気に入りの場所の一つだ。

普段《ふだん》、妖精たちは自由に過ごし、こんな風に集まることはない。けれど今日は特別なことがあり、きゃらきゃらと集まってきたのだ。

森の妖精が一人前に出て、『それでは～』と大きな声を出す。

『ティアラへのプレゼントを決めたいとおもいます！』

『わ～～』

妖精たちが一斉にパチパチと拍手《はくしゅ》をし、『まってましたー！』『なやむね～』など思い思いに口にしていく。

『やっぱり食べれるお花じゃない？』

『あ、それいいー！』

『でもでも、それだとティアラだけのプレゼントになっちゃうよ？』

『あ、そうか～～』

一人の妖精の声に、それはよくないねと全員が声をそろえる。特別なプレゼントを用意したいので、いつもと同じものは却下《きゃっか》だ。

『ふたりに喜んでもらえるものがいいよねぇ』

『何がいいかなぁ』

ティアラローズといえば、甘《あま》いもの。

『クッキー？』

いつもティアラローズからもらう美味《おい》しいクッキーのことを頭に思い浮《う》かべてみるも、残念ながら妖精はお菓子《かし》を作ることが出来ない。

というか、そもそも——

『それだと、ティアラしか食べられないんだってば～！』

『たしかにー！』

『うう～ん、むずかしいよ～』

何だかんだと悩《なや》んでいるけれど、今まで自由気ままにしていた妖精たちが、ティアラローズに贈《おく》り物《もの》をしよう！　というだけでも、実はすごいことなのだ。

ただ、何がいいかというと——そこまでは考えられなかったりする。

『あっ！』

けれど一人の妖精が、閃《ひらめ》いたと言わんばかりに瞳《ひとみ》を輝《かがや》かせた。

『街で、人間たちが楽しそうにしてるのを見たことがあるの～！　きっと、練習したら上《う》手《ま》くなるとおもう!!』

『なに～?』

『なになに～?』

『教えて～!』

妖精たちは内緒話《ないしょばなし》をするように、円になって話し合いの場を作る。こしょこしょ話をして、『いいね、いいね!』とたくさんの声があがった。

『めいあん、でしょ～?』

『うん、名案!』

それから妖精たちは、ティアラローズに喜んでもらうために『名案』の練習を始めた。

第一章　妖精の歌

心地《ここち》よい風と、それに乗って周囲に香《かお》る甘《あま》い匂《にお》い。

今日は王城の庭園でティアラローズがお茶会を開催《かいさい》しており、招待された多くの令嬢《れいじょう》たちが訪《おとず》れている。

色とりどりの薔薇《ばら》が咲《さ》く庭園では、これまたたくさんの種類のお菓子《かし》と紅茶が用意されていて、見るのも食べるのもどちらも楽しい。

どれも、ティアラローズ自らが選び用意したものだ。

招待された令嬢たちは、今日のためにドレスを新調したりして、このお茶会をとても待ちわびていた。

王妃《おうひ》であるティアラローズは国民をはじめ貴族の令嬢たちからも人気があり、お茶会に呼ばれたというだけで一種のステータスにもなる。

「ティアラローズ様が考案された新作のお菓子がいただけるなんて……わたくし、今日が今までで一番幸せかもしれませんわ！」

「ええ、本当に！　最近は、お菓子のラッピングも可愛《かわい》いものが多くて。いつもどれを購《こう》入《にゅう》するか迷ってしまいます」

心の底から楽しみだったということがわかり、ティアラローズは招待してよかったと胸を撫《な》でおろす。

「食べるのはもちろんですが、お菓子は目で楽しむことも大切ですからね」

「ええ、ティアラローズ様の用意されるお菓子を見ると、それがよくわかります」

新作のお菓子は、森の妖精からもらった食べられるスズランの花の中に、苺《いちご》を入れたスポンジ生地《きじ》をチョコレートでコーティングしたものを入れてある。

集まってきた令嬢たちに、ティアラローズは優《やさ》しい笑《え》みを向ける。しかし内心では、お菓子が好評でガッツポーズをしたいくらいだ。

——女性に活気がある国はいいわね。

次はどんなお菓子を作ろう、そんなことを考えてしまう。それだけであっという間に時間が経《た》ってしまうのだから、スイーツとは恐《おそ》ろしい。

そんなお菓子大好き人間なのは、ティアラローズ・ラピス・マリンフォレスト。

ふわりとしたハニーピンクの髪《かみ》と、優しげな水色の瞳《ひとみ》。水色と白を基調としたエンパイアラインのドレスは可愛らしく、彼女《かのじょ》をいっそう引き立てる。

隣国《りんごく》ラピスラズリから嫁《とつ》いできた、この国の王妃だ。

けれど実は、この世界——『ラピスラズリの指輪』という乙女《おとめ》ゲームの悪役令嬢だったりする。前世はゲームをプレイしていた日本人で、この世界に転生したと気付いたのは、記憶が蘇《よみがえ》った数年前のこと。

ゲームのイベントよろしく、断罪されて国外追放されるところだったのだが——今の夫にその場で求婚《きゅうこん》され、救われた。

お菓子を食べるのも作るのも大好きで、趣味《しゅみ》の範囲《はんい》を超《こ》えて、マリンフォレストとラピスラズリの両国に洋菓子《ようがし》店を作ってしまうほど。

ということで、悪役令嬢だけれども……今はとっても幸せに暮らしている。

ティアラローズが令嬢たちに新作ケーキの説明をしていると、口元に扇《おうぎ》を当てたオリヴィアがやってきた。

一見すましているように見えるのだが、その目元はとても楽しそうで、にやけそうになっている口元を扇で隠《かく》しているのだろうということがすぐにわかった。

ティアラローズは苦笑《くしょう》しながらも、オリヴィアに声をかける。

「本日は足をお運びいただきありがとうございます、オリヴィア様。お目にかかれるのをとても楽しみにしていました」

「ええ、わたくしもですわ。ご招待ありがとうございます、ティアラローズ様」

笑顔《えがお》で挨拶《あいさつ》を交《か》わしたあと、オリヴィアがテーブルに置かれているケーキを見た。

「ティアラローズ様、このケーキはとても美味《おい》しいですわ。ショートケーキとチーズの組み合わせもいいものですね」

「ありがとうございます、オリヴィア様。気に入っていただけてとても嬉《うれ》しいです」

「こんなにも美味しいケーキを食べられるなんて、わたくし幸せですわ。しかも、悪役令嬢である先輩《せんぱい》の手作りなんて」


うっとりした様子でそう言ったのは、オリヴィア・アリアーデル。

ローズレットのロングヘアにはリボンのヘアアクセサリー。お洒落《しゃれ》な伊達眼鏡《だてめがね》からは、透《す》き通《とお》るようなハニーグリーンの瞳がのぞく。

公爵《こうしゃく》家の令嬢であり、『ラピスラズリの指輪』の続編の悪役令嬢だ。

悪役令嬢のティアラローズを時たま先輩と呼び、慕《した》ってくれている。

このゲームを心から愛し、キャラクターは全推《お》しで愛が重い。それゆえ、興奮して鼻血を出すこともしばしば……。ちなみに、趣味は聖地巡礼《じゅんれい》。

手放しで褒《ほ》めたたえるオリヴィアに、ティアラローズは「大袈裟《おおげさ》ですよ?」と言いつつも嬉しくて頬《ほお》が緩《ゆる》む。

「そんなことありませんわ。わたくしが生まれてから、ティアラローズ様がこの国へ嫁いでくるまでの間、ここまで劇的な洋菓子の変化はありませんでしたもの」

この世界にもお菓子はあるが、前世の記憶《きおく》を持つティアラローズやオリヴィアからすれば〝普通《ふつう》〟止まりなのだ。

こんなことを言ったら料理人に失礼かもしれないが、もっと美味しいスイーツを食べたい! と、そう望んでしまうのは仕方がない。

そんなときに、スイーツ大好きな姫《ひめ》が隣国から嫁いできたのだ。

城の料理人はティアラローズのためにデザート全般《ぜんぱん》の腕《うで》を上げ、商人たちもお菓子の情報に敏感《びんかん》になっていった。

結果、現在のマリンフォレストは上質なお菓子関連の店がとても増えた。

「……洋菓子店が多ければ多いほど、幸せですもの」

ぽろりとティアラローズが本音をもらすと、オリヴィアは目を瞬《しばたた》かせて笑う。

「わたくしもお菓子は大好きですから、大歓迎《だいかんげい》ですわ」

「ふふっ、さすがオリヴィア様! 理解が早いです」

ティアラローズが周囲を見回すと、たくさんあったケーキやマカロン、マドレーヌなどはもう数が少なくなっている。十分な数を用意したつもりだったが、思いの外なくなるのが早かったようだ。

本来であれば、お茶会のメインはお喋《しゃべ》り。けれどティアラローズのお茶会に関しては、美味しく、しかも流行の最先端《さいせんたん》のスイーツが振舞《ふるま》われるので、どうしても会話よりお茶やデザートに令嬢たちの意識が向けられてしまう。

「んん、どうしようかしら……」

追加するか悩《なや》むところだが、お茶会もそろそろ終わりの時間になる。このままでいいだろうかと考えていると、令嬢たちの小さな声が耳に届いた。

「あっ、もう新作のケーキはなくなってしまったのですね……」

「とても美味しかったから、仕方がありませんわ。ティアラローズ様のお茶会にご招待いただけただけでも、光栄なことですし」

「そうですわね」

――あっ、新作はもうなくなっているのね。

ティアラローズが慌《あわ》てていると、隣《となり》で一緒《いっしょ》に聞いていたオリヴィアは、うんうんと頷《うなず》いている。

「ティアラローズ様のケーキはとても美味しいもの」

「まだ少し時間があるので、追加を持ってきてもらいましょう」

そう言って、ティアラローズは近くにいたメイドに追加のお菓子を運んでくるように指示を出す。

これで一安心と、ティアラローズは安堵《あんど》する。

「わたくしももっとお茶会を開催《かいさい》できたらいいのですが、最近は時間があまり取れませんでしたから……」

「お忙《いそが》しい日が続きましたものね」

他国へ出向いたり、その後の外交だったりと、ティアラローズはここ最近とても忙しかったのだ。

今はちょうど一息ついたところで、こうしてゆっくりお茶会を開催することが出来るようになった。

――もう少し開催頻度《ひんど》を多くした方がいいかしら？

それとも、招待状が届いたお茶会や夜会に積極的に参加する方がいいだろうか。王妃としてやらなければならないことが多くて、目が回ってしまいそうだ。

その様子に気付いたらしいオリヴィアが、口を開く。

「でしたら、今度は我《わ》が家《や》でお茶会を開きますから、いらして下さいませ」

「ありがとうございます、オリヴィア様」

「それなら少しは気も抜《ぬ》けますでしょう？」

「……そうですね」

オリヴィアの扇に隠れるように小声で話して、二人でくすりと笑った。


お茶会が終わり、ティアラローズは「さすがに疲《つか》れたわ……」と自室のソファにぐったりと寄りかかる。

今は誰《だれ》もいないので、これくらいはいいだろう。

「うぅ……最近なんだか疲れやすい気がするわ。もしかして、体力が落ちたのかしら？」

まだまだ若いつもりだったけれど、日ごろから運動をしているわけではない。散歩する時間を増やそうかな……なんて考えていると、ノックの音が響《ひび》いた。

「どうぞ」

入室の許可を出すと、アクアスティードが顔を見せた。

「アクア様！」

「お茶会お疲れ様、ティアラ。帰り際のオリヴィア嬢《じょう》に会ってね、ティアラが疲れているようだったからうんと甘やかすように言われてしまったよ」

「オリヴィア様がそんなことを!?」

恥《は》ずかしい！　と、ティアラローズはソファにしゃきっと座《すわ》り直しつつ赤くなった頰を両手で押《お》さえる。


甘やかそうとしてくるのは、アクアスティード・マリンフォレスト。

ダークブルーの髪と、凛々《りり》しい金色の瞳。整った顔立ちに、すらりと長い手足。黒を基調としたスーツが体のラインを綺麗《きれい》に見せている。

とても幸せそうに微笑《ほほえ》んでいるアクアスティードは、彼女の夫でありこの国の国王だ。

そして、ゲーム続編のメイン攻略《こうりやく》対象でもある。

出会った頃《ころ》は続編のヒロインに奪《うば》われてしまうのでは……と心配していたけれど、アクアスティードはティアラローズのことを選んでくれた。


ティアラローズの横へ腰《こし》かけて、アクアスティードはくすぐるようにその髪へ触《ふ》れる。

「お疲れ様、頑張《がんば》ったね」

そう頭を撫でられて、ティアラローズは無意識のうちに頰が緩んでしまう。アクアスティードもとても楽しそうで、これではどちらにとってもご褒美《ほうび》のようなものだ。

「……ありがとうございます、アクア様」

「うん」

ぽすんと、ティアラローズはアクアスティードへ寄りかかる。

すると途端《とたん》に疲れも吹き飛《ふと》んでしまう。

——アクア様は回復薬かしら……。

なんてことを、考えてしまう。

疲れたときはスイーツで回復してきたが、アクアスティードの方がそれよりずっと癒《い》やされるし疲れも吹き飛んでしまう。

アクアスティードも、自分に寄りかかって甘えてくれるティアラローズが可愛くて仕方がないので、髪を撫でたり、手を握《にぎ》ったりしてくる。

「それにしても、今回はいつにも増してお茶会の招待客が多かったみたいだね」

「はい。招待した方全員が出席してくださったので、とても賑《にぎ》やかでした。ただ、全員と長くお話しできなかったのが残念ですが……」

今度はもう少し規模を小さくして、何回かに分けてまた招待しようと思っているとティアラローズは話す。

「ティアラのお茶会は人気だからね」

「嬉しいです。みな様、お菓子をとても気に入ってくださって……スイーツがどんどん広がってくれそうです」

貴族の令嬢に受け入れられたら、それはどんどん街へ浸透《しんとう》していく。彼女たちの家に雇《やと》われている料理人もお菓子作りがきっと上手《うま》くなるだろう。

目指せ、どの国にも負けないスイーツ大国！　だ。……なんていうのは半分冗談《じょうだん》だけれど、国の特産になったらいいなとは思っていたりする。

「まったく、ティアラのお菓子に対する原動力はすごいな。私もすっかりお菓子好きにされてしまったよ」

そう言ってアクアスティードがくすりと笑う。

「……でも」

「アクア様？」

少し考える素振《そぶ》りを見せるアクアスティードに、ティアラローズは首を傾《かし》げる。もしかして、好きではないお菓子でもあっただろうか――と。

もちろん、そんなことは杞憂《きゆう》に終わるのだけれど。

「私にとって一番甘いのは、ティアラかな」

「……っ！」

細められたアクアスティードの瞳が近づいてくるのを見て、ティアラローズはきゅっと目をつぶる。

そして唇《くちびる》に触れる、優しい感触《かんしょく》。

「……ほら、甘い」

「んんっ」

ぺろりと唇を舐《な》められ、ティアラローズは耳まで赤くなる。

「ふぁ……そ、そんな言い方はずるいです」

普通にキスするだけでは飽《あ》き足《た》りないのか、甘い言葉がセットになっている。こんなの、恥ずかしくないという方がおかしい。

アクアスティードとしては、ティアラローズのそういった反応が可愛くて仕方ないのだけれど……。

「仕方ないだろう？　ティアラが甘くて可愛くて、食べたくて仕方なくなってしまうんだから」

「〜〜〜っ！」

いつもよりワントーン下げられたアクアスティードの声が、耳元で囁《ささや》いてきた。吐息《といき》がかかりくすぐったいけれど、それ以上に、わずかに触れたアクアスティードの唇に意識がいってしまう。

恥ずかしさから顔を見せたくないティアラローズがアクアスティードに抱《だ》き着《つ》くと、よしよしと頭を撫でられた。

「このまま抱き上げてあげようか？」

アクアスティードがティアラローズを自分の膝《ひざ》に乗せようとしてきたので、さすがにそれは遠慮《えんりょ》する。

「駄目《だめ》です、これ以上はわたくしが持ちません」

「それは残念」

——うぅ、とても甘やかされているわ。

もうすでに元気は満タンまで回復してしまった。

「でも」

「アクア様……？」

ティアラローズを自分の膝に乗せるのはあきらめたらしいアクアスティードだったが、悩むような表情を見せる。

「ティアラをうんと甘やかさないといけないんだけど、どう甘やかしてほしい？」

「——っ!!」

とても楽しそうに微笑むアクアスティードに、ティアラローズは思わず息を呑《の》む。甘い笑みの破壊力《はかいりょく》があまりにも強すぎて、上手く息が出来ないほどで。

「たまにはリクエストしてもらうのもいいかと思ったんだけど、どうかな？」

「どど、どうって、そんな……」

――むしろ、アクア様はいつもわたくしの想像を超《こ》えてきますよ!?

何と答えたらいいかわからなくて、口をぱくぱくしてしまう。

「可愛いね」

「嘘《うそ》です、絶対に間抜《まぬ》けな顔をしています……」

真《ま》っ赤《か》になってアクアスティードに寄りかかり、ティアラローズは顔が見えないようにする。火を吹きそうなほど、顔が熱い。

しかしアクアスティードの視界に、ちょうどティアラローズの耳が映る。アクアスティードがそっと指でくすぐるように触れると、ぴくりと反応した。

「～っ!?」

「可愛かったから、つい……ね？」

まるで、いいよね？　とでも言うように、アクアスティードが微笑む。その笑顔に癒やされて、きゅんとしてしまう。

むにむにと耳に触れられて、ティアラローズはくすぐったさに襲《おそ》われる。とても楽しそうにしているので、やめてほしいとも言いづらい。

――わたくし、アクア様に弱すぎるわ……。

「うぅ……」

目をぎゅっとつぶりくすぐったさに耐《た》えていると、ふいに耳元でアクアスティードの吐息を感じた。

「ふぁっ⁉」

慌てて目を開くと、すぐ目の前にアクアスティードがいて耳に唇を寄せていた。

「ティアラの声、甘くなった」

くすりと笑うアクアスティードに、そのまま耳をちゅっと吸われてしまう。

「ひゃぁっ」

「可愛い」

何度もキスをされて、次第《しだい》に耳だけではなく、こめかみや頬、目じりといろいろな場所に広がっていく。手を取られて、指先が絡《から》められる。

鼓動《こどう》がどんどん大きくなり、このままでは耐えられそうにない。

「アクア様……」

「……ん？　何かリクエストを思い付いた？」

そう言って、アクアスティードはティアラローズの指先にキスをする。くすぐったそうにするティアラローズが、とても愛らしい。

「も、もう十分に甘やかされているのですが……」

それでは駄目ですか？　と、ティアラローズはアクアスティードに問いかけるが――もちろん、答えは否《いな》。

「駄目だよ。ちゃんと教えて？　そしたらめいっぱい甘やかしてあげられる」

「……っ！」

アクアスティードは口づけていたティアラローズの指先をぺろりと舐めて、そのまま口に含《ふく》んでしまった。

「ああああアクア様⁉」

ティアラローズは激しく動揺《どうよう》するのだが、アクアスティードはそれが楽しいようだ。嬉しそうに目を細め、指先を甘噛《あまが》みしてくる。

ぞくんとした感覚に襲われて、ティアラローズは急いで何かリクエストを考えなければと頭をフル回転させる。

その間にも、アクアスティードが楽しそうに指先にキスをしたりしている。その瞳がひどく色っぽくて、どうにかなってしまいそうだ。

「あ……っ」

「ん？」

「ぎゅっと抱きしめて、頭を撫でてほしいです……っ！」

どうにか口にした、ティアラローズのリクエスト。控《ひか》えめで可愛らしいお願いに、アクアスティードは「もちろん」と頷く。

「ティアラ」

おいで――と。

アクアスティードが広げた両腕の中に、ティアラローズは飛び込む。すると、リクエスト通りにぎゅっと優しく抱きしめ、頭を撫でてくれる。

「もっと欲張ってくれてもいいくらいなのに」

「わたくしはアクア様と一緒にいられるだけで、幸せですから」

抱きしめてもらって、撫でられて、好きだよとたくさんの愛情を注がれて。もう、満たされすぎてこれ以上ほしいものなんて思いつかない。

溢《あふ》れてしまうのではないかと、逆に心配になってしまうほどだ。

このままゆっくり――そう思った矢先、部屋にノックの音が響いた。

「ひゃっ！」

「……残念」

予想していなかった展開に、ティアラローズはぱっとアクアスティードから離《はな》れる。ソファに座り直すと、ドアの外から伺《うかが》う声が聞こえてきた。

「ティアラローズ様、フィリーネです。旦那《だんな》様からお手紙がきています」

「お父様から？」

入室を許可すると、手紙を持ったフィリーネが入って来た。

「失礼いたします」

ティアラローズの侍女《じじょ》、フィリーネ・サンフィスト。

黄緑色の髪をメイドキャップで整え、ロングスカートの清楚《せいそ》な侍女服を着こなしている。

ずっとティアラローズの侍女として勤め、姉のような存在でもあり、心強い味方だ。


フィリーネが持ってきた手紙は、ラピスラズリにいるティアラローズの父親、シュナウスからの手紙だった。

とはいえ珍《めずら》しいことではなく、娘《むすめ》ラブのシュナウスからは定期的に手紙がきている。

「ありがとう、フィリーネ」

ティアラローズが手紙に目を通すと、ここ最近の報告と――


「え？　養子をとった？」


「養子を？」

ティアラローズの声に、アクアスティードとフィリーネも驚《おどろ》きの声をあげる。

「はい。わたくしも驚いています。今まで、そのような話はありませんでしたから……」

手紙に書かれていたのは、後継《あとつ》ぎにするため男子を一人養子として迎《むか》え入《い》れたというものだった。ついては、一度顔を見せにきてほしい……と。

――確かに、うちは後継ぎがいなかったのよね。

けれど、せめて一言相談してくれたらよかったのにとも思う。

そうすれば養子になる前に事前に挨拶をしたり、帰省のスケジュールももう少し余裕《よゆう》をもって作ることが出来た。

「クラメンティール家は子どもがわたくししかいませんでしたから、後継ぎ問題はずっと心配していたんです」

だからちょっと安心しましたと、ティアラローズは言葉を続ける。

「そうだね。ティアラは私がもらってしまったから、子どもを新たに作るか養子を迎えるしか相続させることができないか」

「はい。これでクラメンティール家も安泰《あんたい》ですね」

シュナウスが選んだ子であれば、きっと優秀《ゆうしゅう》なのだろうとティアラローズは思う。娘が大好きで暴走しがちだが、実はこれでもれっきとした宰相《さいしょう》なのだ。

「顔を見せに行くなら、私も一緒に行けるように調整するよ。少し時間をくれるかい？」

「もちろんです。お父様もアクア様が一緒なら喜びます」

後で手紙の返事を書いて、落ち着いたころにアクアスティードと一緒に帰省することを報告すればいい。

「わたくしに義弟《ぎてい》ができるということよね？　仲良くしてもらえるかしら」

初めての姉弟《きようだい》に、ちょっぴり緊張《きんちよう》してしまう。

それを見て、フィリーネが「大丈夫《だいじようぶ》ですわ！」と太鼓判《たいこばん》を押す。

「お優しいティアラローズ様ですもの。それに、ティアラローズ様のスイーツにかかれば子どもはいちころですから！」

「フィリーネったら、もう……」

――でも、スイーツ作戦はいいかもしれないわね！

なんて、ティアラローズも思う。

「養子になったのは誰なんだい？」

貴族の子息であるならば、もしかしたら知っているかもしれないと、アクアスティードが問いかける。

「そうですね。わたくしも、ラピスラズリの貴族ならほとんどの家名は把握《はあく》しています」

フィリーネも頷き、誰が養子になったのか気にしている。

もし二人が直接子どもを知っていなかったとしても、ティアラローズならラピスラズリの貴族を全員覚えているのでだいたいのことはわかるはずだ。

なのだけれど……。

「それが、いったい誰を養子にしたか手紙に書いていないんです……」

どういうことだろうと困惑《こんわく》するティアラローズに、アクアスティードとフィリーネも不思議そうに首を傾げた。

養子をとったので会いに来てくれという父親に返事の手紙を送り、ティアラローズは帰省の準備を始めた。

アクアスティードも一緒に行くため、仕事の調整のつく一ヶ月後に出発する予定を立てた。

フィリーネに準備のほとんどを頼み、ティアラローズもやるべきことを進めなければと気合を入れる。

ティアラローズは机に向かい、お菓子のレシピをいくつか書き出していく。簡単に作れて、かつあまり原価のかからないものが中心だ。

「クッキーの種類を増やすっていうのもいいわね」

お菓子関連のことなので、筆の進みも軽《かろ》やかだ。

「レシピ通りにちゃんと作れるか、試作もしておいた方がいいかしら？」

なんて考えてしまうのは、八割がた自分が食べたいためだ。レシピ自体は何度も使ったことがあるので、実は失敗する心配はない。

このレシピは帰省した際に、フィリーネの弟であるアランに渡《わた》そうと考えている。庶民《しょみん》向けに始めたスイーツ店の新メニューとして使うことが出来るはずだ。

アランはティアラローズたちに出資してもらい、ラピスラズリで庶民向けのスイーツ店を事業として行っている。

立ち上げ当初は初めてやることばかりでかなり大変だったようだが、今では軌道《きどう》に乗り、ラピスラズリで大人気のお店になっている。

毎月きちんとした報告書が届き、ティアラローズはスイーツの知名度が上がっていくのをにまにましながら眺《なが》めているのだ。

ティアラローズが楽しそうにふんふん鼻歌を口ずさんでいると、フィリーネが準備を終えてやってきた。

「楽しそうですね、ティアラローズ様」

くすりと笑い、フィリーネが紅茶とマドレーヌを机の上へ置く。

「わあ、美味しそう！　ありがとう、フィリーネ」

手にしていたペンを置き、休憩《きゅうけい》しようとティアラローズはぐ〜っと伸《の》びをする。ずっと書き物をしていたので、肩《かた》が固まってしまった。

「少しマッサージをしましょうか」

「ありがとう」

フィリーネがティアラローズの肩に手を置いて、首の付け根を中心に肩をぐりぐりと押してくる。

「……っ、痛い」

「かなり凝《こ》っているみたいですね……。今日はお風呂上《ふろあ》がりのマッサージを念入りにいたしますね」

「その方がよさそうね」

放っておくと大変なことになりそうなので、素直《すなお》にお願いする。

フィリーネはマッサージをしながら、書かれていたものを覗《のぞ》き込《こ》んだ。

「いいレシピは出来ましたか？」

「ええ！　クッキーの種類を増やしてみたの。それと、アレンジドーナッツのレシピは男性用にシンプルで大きいものと、女性用に可愛い小さなものを用意したから幅広《はばひろ》い層から人気が出ると思うわ」

将来的には、取《と》り扱《あつか》う商品や客層ごとに店舗《てんぽ》を分けることも視野に入れた方がいいとティアラローズは考えている。

「アランのために……ありがとうございます、ティアラローズ様。先日手紙が来まして、とても楽しくやっていると書いてありました」

「それはよかったわ」

毎月の報告書は見ているが、直接アランの感想を聞けたのは嬉しい。楽しく順調だということにほっと胸を撫でおろす。

これから扱う新商品も、きっと上手く流行らせてくれるだろう。

「肩はどうですか？」

「少しすっきりしたいみたい。ありがとう、フィリーネ。なんだかいつもより肩凝りになりやすい気がするわ……」

「疲れが溜《た》まっているのかもしれませんね。最近はお茶会続きで忙しい日が多かったですから……」

マッサージの終わった首を回しながら、ティアラローズは「そうかもしれないわ」と返事をする。

「ご実家ではゆっくりなさってくださいませ」

「ええ。でも、フィリーネもちゃんと休んでね？」

「ありがとうございます、ティアラローズ様」

ティアラローズは書き終えたレシピをまとめて、フィリーネに手渡す。

「今回持っていくのはこれで全部だから、荷物に入れておいてもらってもいい？」

「はい。これで帰省する準備は問題なさそうですね」

「ほかの荷物も大丈夫かしら？」

「問題ありません。持っていくものは、すべて選び終えていますから。それに、ご実家に滞在《たいざい》ですから……そこまで荷物は多くありません」

フィリーネの言葉に、それもそうだとティアラローズは頷く。

実家にあるティアラローズの部屋はそのままだし、お菓子関連の材料や調理器具もたくさんある。むしろ、何も持って行かなくてもいいかもしれない。

「……少し長めの滞在になるから、その前にお茶会などはできるだけ開いておきたいわね。いくつか招待も来ているでしょう？」

「もちろんです。ティアラローズ様がお茶会に来てくださったら、箔《はく》が付きますもの」

さすがはティアラローズ様ですと、フィリーネが胸を張る。

「大袈裟よ、フィリー……あら？」

「どうかされましたか？」

ティアラローズがくすりと笑うと、窓をコンコンと叩《たた》く音がした。何事かと視線を向けると、森の妖精たちが手を振《ふ》っていた。

『ティアラ～！』

『あそびにきたよ～』

「まあ、いらっしゃい」

　きゃらきゃら笑う妖精たちを招き入れると、楽しそうに部屋の中を飛び回る。その様子はいつもより嬉しそうで、何かいいことがあったのかもしれない。

　ティアラローズに祝福を贈《おく》る、森の妖精たち。

　手のひらほどのサイズで、緑色の髪と背中の羽が目印。自由で陽気な性格だが、ティアラローズ以外の人間にはほとんど懐《なつ》いていない。

「妖精たちも召《め》し上《あ》がれるように、お菓子を持ってきますね」

「ありがとう、フィリーネ」

『お菓子～！　やったぁ』

『ティアラのお菓子おいしいからだいすき～！』

　どうやら妖精たちに喜んでもらえたようで、ティアラローズとフィリーネは顔を見合わせてほっこりする。

「どうぞ好きなだけ召し上がってくださいませ」

『やったぁ〜』

基本的に妖精は何も食べなくても生きていけるため、今までお菓子を始め何かを食べるという習性はなかった。

しかしティアラローズがお菓子をあげたところ、それがすっかりお気に入りになってしまったという経緯《けいい》がある。

もちろん、ティアラローズとしてはスイーツ好きになってもらえるから大歓迎だ。

妖精たちはわらわらとティアラローズの膝の上にやってきて、楽しそうに歌をうたい始めた。

『らんらら、らんらん〜♪』

今までこんなことはなかったので、ティアラローズは目を瞬かせる。

——妖精の歌！

妖精が歌を披露《ひろう》したというような記録はないため、もしかしたら自分が初めて耳にしているのではないだろうかと思う。

口を大きく開けてうたう姿は、とても可愛らしい。

特別に上手いというわけではないが、妖精たちの声が重なって音のハーモニーが出来ている。その場を和《なご》ませる、優しい歌だ。

『らららんっ♪』

曲を聞き終わり、ティアラローズとフィリーネは拍手《はくしゅ》を送る。

「とっても上手ね」

「お上手です」

『えへへ～！』

二人が褒めると、妖精たちは照れたように頬を染め『喜んでもらえたみたい～』と満足そうにしている。

これは歌のお礼に特別なスイーツを出さなければと、ティアラローズは微笑みながら妖精たちを見るのだった。


大輪の薔薇が咲《さ》き誇《ほこ》る庭園の一角で行われているのは、オリヴィア主催のお茶会だ。

腰の位置ほどの高さで揃《そろ》えられた薔薇の木々は赤色の花を咲かせ、招待された令嬢たちをもてなしている。

テーブルにはたくさんのスイーツが用意されていて、お茶の種類もフルーツティー、ハーブティーと豊富に揃えられている。

ティアラローズが到着《とうちゃく》すると、レヴィを連れたオリヴィアがすぐにやってきた。優雅《ゆうが》に一礼し、ティアラローズを迎え入れる。

「ようこそお越しくださいました、ティアラローズ様。帰省前にお茶会が開けてよかったですわ」

「本日はお招きいただきありがとうございます、オリヴィア様」

今日は、オリヴィアの屋敷《やしき》でティアラローズと二人の令嬢が招かれてのお茶会だ。天気がいいので庭園の薔薇園で開催されている。

「ティアラローズ様とオリヴィア様のお茶会にご招待いただけるなんて、光栄ですわ！」

「わたくし、楽しみで昨日はなかなか寝付《ねつ》けなくて……」

二人の令嬢がうっとりした瞳でティアラローズを見つめると、オリヴィアは「そうでしょう」と頷く。

「本日はティアラローズ様のケーキもございますから、楽しく――あら？」

「オリヴィア様？」

さあ、スイーツだ！　というところで、オリヴィアが目を見開いて植えられている薔薇の方を見た。ティアラローズも一緒に視線を移すと、そこには森の妖精たちがいた。

『ティアラ～』

『遊びにきちゃった～』

わらわらと、大勢の森の妖精がやってきた。すぐティアラローズの周囲に陣取《じんど》り、『ティアラのお菓子！』と目をきらきらと輝《かがや》かせている。

妖精たちは机の上に乗って、じいっとケーキに視線を集中させている。絶対にこれを食べるという迫力《はくりょく》が伝わってくる。

『おいしそう！』

『たべたーいっ!!』

「……っ！」

嬉しそうに妖精たちがケーキをねだった瞬間《しゅんかん》、オリヴィアが息を呑みレースのハンカチで口元——ではなく、鼻を押さえた。

どうやら、いつもの鼻血《はっさ》のようだ。

招待した令嬢たちがいることもあり、血を見られてしまう前にハンカチを当てたのは長年の経験がなせる業《わざ》といっていいだろう。

「も、森の妖精たちがわたくしのお茶会に!?　可愛いですわ……っ」

「オリヴィア様!?　お、落ち着いてくださいませ」

ティアラローズが慌てて自分のハンカチも渡すが、オリヴィアの顔には『本望《ほんもう》』と書かれているのが見てとれる。

すぐにレヴィが追加のハンカチを持ってくるも、オリヴィアの視線は妖精たちから動かない。そのままハンカチを受け取り、オリヴィアは小さく深呼吸して指示を出す。

「レヴィ、森の妖精さんたちにケーキを取り分けてくださいませ」

「かしこまりました」

優雅に一礼したのは、オリヴィアの執事《しつじ》のレヴィ。

ローズレッドの鋭《するど》い瞳に、漆黒《しっこく》の髪。きっちりと執事服を着こなす姿は、とてもさまになっている。

オリヴィアに心酔《しんすい》している優秀な執事なのだが、オリヴィア以外にまったく関心を示さないのが玉に瑕《きず》だ。


「どうぞ」

レヴィがケーキを切り分けると、妖精たちは嬉しそうに机に座って食べ始めた。その微笑ましい光景には、オリヴィアだけではなく二人の令嬢も胸をきゅんとさせる。

「素敵《すてき》……森の妖精をこんな間近で見られるなんて……」

「森の妖精に祝福をいただいているのは、ティアラローズ様だけですから、わたくしたちはこうしてお姿を拝見できるだけでとても幸運なのです」

森の妖精に会わせてくれてありがとうございますと、令嬢たちが礼を言う。

そんな令嬢たちに、森の妖精が『おいしいね～』と笑顔を見せるものだから、ティアラローズの株はどんどん上がっていく。

そのなごやかな雰囲気《ふんいき》にティアラローズは嬉しくなるが、オリヴィアがほんの少し寂《さび》しそうに見えた。

「オリヴィア様、どうかなさいましたか？」

鼻血は止まっているので一安心だけれど、もしかして痛みがあったり貧血《ひんけつ》でめまいが起きてしまったりしたのだろうか。

ティアラローズが心配して声をかけると、オリヴィアは小さく首を振った。

「わたくしは妖精たちを近くで見る機会がほとんどありませんから、すごく嬉しいと思っていただけですわ」

「そうなんですか？」

「ええ、だってわたくしは続編の悪役令嬢ですから。妖精の祝福は、いただいていないんですのよ」

「……！」

告げられた事実に、ティアラローズは口元を押さえる。

自分も海の妖精たちに嫌《きら》われていたが、オリヴィアはすべての妖精に嫌われていたということだろうか。

——悪役令嬢、ツラっ！

いけないと思いつつも、思わず項垂《うなだ》れたくなってしまう。

「お気になさらないでくださいませ、ティアラローズ様。今、こうやって近くにいられるだけで、わたくしとても幸せですか——っとと」

そう言い終わる前に、オリヴィアは再びハンカチで鼻を押さえる。どうやら、今日の興奮は止まらないらしい。

すると、ケーキを食べ終わった妖精がティアラローズの膝の上にやってきた。そして、先日と同じように『らんらん～♪』と楽しそうにうたい始めた。

どうやら、今日も歌を披露してくれるようだ。

「まあ、可愛い」

「妖精がうたうなんて、今まで聞いたことがありませんわ。ティアラローズ様は妖精たちにとても愛されているのですね」

オリヴィアにうっとりした表情で言われ、ティアラローズも妖精たちを見る。

「わたくしも、最近妖精たちがうたうって初めて知ったのよ」

——でも、どうして歌を？

妖精たちの歌が終わって、ティアラローズは聞いてみることにした。

「今日も素敵な歌をありがとう。でも、どうして歌をうたってくれたの？」

もしかしたら、お菓子のお礼かもしれないと思ったけれど、妖精たちは互《たが》いに顔を見合わせて楽しそうに笑うだけだ。

『ひゃ～！　ないしょだよ』

『ひみつなの！』

「え、秘密なの？」

『そうなの！』

どうやら、教えてもらうことはできないらしい。

うたう理由は教えてもらえなかったが、ティアラローズは妖精たちに歌を捧《ささ》げられるという噂《うわさ》が国中に広まってしまい……しばらく大変になるのはもう少し後のこと。


オリヴィアのお茶会から数日後、ラピスラズリへ帰省する日がやってきた。

「長時間の馬車は疲れるだろうから、休みたくなったらすぐに言うんだよ？」

「はい、アクア様」

今回の日程は余裕を持たせているため、途中《とちゅう》の街に滞在する時間も多くとってある。

なので、ティアラローズとしてはアクアスティードとたくさんデートが出来たらいいなと思っていたりする。

ちなみに、ティアラローズは知らないけれどアクアスティードはすでにデートの計画を立てていたりする。

『ティアラ～』

『おでかけしちゃうの～？』

馬車の前にいるティアラローズとアクアスティードを見つけた妖精たちがやってきて、しょんぼりした顔を見せる。

「ええ、ラピスラズリへ行くのよ」

『知ってる、ティアラが生まれたところでしょ？』

『まえ、王様に教えてもらった～！』

『はやく帰ってきてね～』

妖精たちは寂しそうにしつつも、笑顔で『いってらっしゃい～』と言ってくれた。

『ティアラの好きなお花あげる～』

『あげる～』

「これはお菓子の材料に出来るお花だわ……！　ありがとう」

『えへへ～』

妖精たちは食べられる甘いお花をいっぱいティアラローズに渡し、満足そうに胸を張る。

「ありがとう、森の妖精たち。私からもお礼を言わせてくれ」

アクアスティードももらった花に対する礼を告げて、妖精たちに微笑む。そして帰省したらすぐ、ティアラローズはお菓子作りだろうなと考えてくすっと声に出して笑う。

いや、もしかしたら道中で作ってしまう可能性もあるかもしれない。それどころか、その場で食べてしまうかも——なんて考えていると、「アクア様？」とティアラローズが名前を呼んだ。

「…………」

「どうかなさいましたか？」

急に黙《だま》ってしまったアクアスティードを見て、ティアラローズは首を傾げる。

「……いや？」

何でもないと言うような態度のアクアスティードだが、ティアラローズの持つ花を一つ手に取った。そのまま花びらを口に含むと、「甘いな」と言う。

「お菓子の材料になりますからね」

くすくす笑うティアラローズに、アクアスティードは残った花びらをその口元へと持っていく。

「私が全部一人で食べるには甘すぎるから、半分こしよう？」

「……っ！　アクア様、ここは外ですよ⁉」

ティアラローズの両手いっぱいに花があるので、受け取ることができない。それをわかっていて花びらを口元に持ってくるなんて、アクアスティードは確信犯だ。

何度かやり取りをしつつも、最終的にはティアラローズが折れて食べさせられてしまう。

「ったく、お前たちは相変わらずだな」

気恥ずかしいやりとりをしていると、風が吹いてくつくつ笑う声が耳に届く。

「キース!?」

転移で姿を現したのは、森の妖精王キースだった。

ティアラローズは驚いたが、森の妖精たちは『王様きた～』と嬉しそうにキースの下へ集まっていく。

楽しそうにティアラローズとアクアスティードを見る森の妖精王、キース。

長い緑色の髪は森の王だと一目で認識できる。金色の瞳は強い存在感を放ち、目にしただけで虜《とりこ》になってしまいそうな不敵な笑み。

ゆったりした服装と、腰には武器としても使うことの出来る扇をさしている。

「ティアラに迷惑《めいわく》をかけてないか？」

『だいじょうぶ～！』

『ばっちり！』

キースが妖精たちに問いかけると、楽しそうに返す。

森の妖精たちと仲良く話すキースを見て、ティアラローズは何か用事があって姿を見せたのだろうかと考える。

すると、視線を感じたのかキースがティアラローズに目をやった。

「ふむ……。ぱっと見の変化はないんだな」

「……？」

――なんの話？

主語がないのでまったくわからず、ティアラローズは首を傾げる。もしかしてと思いアクアスティードを見てみるも、同じく何もわからないようだ。

「どうしたんですか？　キース」

「どうもしないさ。最近、こいつらばっかりティアラのところへ遊びに行っててずるいからな。俺《おれ》も来ただけだ」

くつくつ笑いながら、別段意味はないのだとキースは言う。

――妖精は気まぐれだものね。

キースが突然《とつぜん》遊びに来たと言っても、驚きはしない。

「遊びに来るのはいいですが、わたくしたちはこれからラピスラズリへ行くんです」

「ああ、だから見送りも兼《か》ねてる」

「え？　そうだったんですか？」

まさかそんな律儀《りちぎ》な性格だったろうかと、ティアラローズは訝《いぶか》しむようにキースを見る。

「なんだ、文句があるなら連れ去るぞ」

キースに顔を覗き込まれるように見られると、アクアスティードがティアラローズの腰を抱いて自分の方に引き寄せた。

「私の妻にちょっかいをかけるな、キース」

「相変わらずだな、お前は……」

独占欲《どくせんよく》をむき出しにするアクアスティードに、キースは笑う。

「まあ、別にいい。気を付けて行ってこい」

もうアクアスティードのあしらい方になれたのか、ひらひらキースが手を振る。本当に、見送りのために来てくれたようだ。

「いってきます、キース」

「留守の間は頼《たの》む、キース」

ティアラローズとアクアスティードが別れの挨拶を口にすると、キースは頷きそのまま見送ってくれた。

第二章

心配性の旦那様

天気は爽《さわ》やかな快晴で、清々《すがすが》しい解放感に満ちている。

馬車の窓から外を覗《のぞ》くと爽やかな風が感じられ、揺《ゆ》れる草木や花々を目にすることが出来た。これだけでも、久々の帰省に心が弾む。

だが、馬車の窓から実家が見えてきた瞬間《しゅんかん》……ティアラローズは顔をひきつらせた。

「ごめんなさい！　でも、これからもずっとずーっとティアラ様の親友でいたいんです！」

「…………」

いったい何をしているのかと、誰《だれ》もが頭を抱《かか》えたくなっただろう。

ティアラローズの実家の玄関先で、アカリが土下座をしていたのだ。

土下座をするアカリと、戸惑《とまど》いつつも帰るように促《うなが》しているらしい母親の姿が見えた。

後ろに控《ひか》える使用人たちは、全員が困り顔をしている。

——馬車から下りなければ駄目《だめ》かしら？

可能ならば、このまま引き返したい。

そう考えてしまったのも仕方ないだろう。馬車が近づくと、窓を開けていることもあって二人の声が聞こえてきた。

「ええと、アカリ様、そのような……あら、ティアラ？」

「え？　あ、ティアラ様〜！」

ティアラローズの母、イルティアーナがティアラローズの馬車に気付くと、すぐにアカリが嬉《うれ》しそうに振《ふ》り向《む》いた。

さっきまで土下座していたとは思えないほどの満面の笑《え》みだ。

これはどうするべきだろうか。ティアラローズが向かいに座《すわ》っているアクアスティードに視線を向けると、同じように苦笑《くしょう》していた。

「……前に、ティアラを襲《おそ》ったときのことを謝《あやま》りにきたんだろうね」

「え？　それは……すごく今更《いまさら》ですね」

アクアスティードの言葉にティアラローズはなるほどと頷《うなず》く。確かに、それであればアカリが謝罪に来て土下座していることもわからなくもない。

この乙女《おとめ》ゲームのヒロイン、アカリ・ラピスラズリ・ラクトムート。

艶《つや》のあるストレートの美しい黒髪《くろかみ》と、黒い瞳《ひとみ》。桃色《ももいろ》を基調としたレースのドレスは愛らしく、その存在を引き立てる。

乙女ゲームが大好きで、行動力でいえばきっと誰にも負けないだろう。今ではティアラローズの親友を自ら名乗っており、実際に仲もいい。

ティアラローズはため息をつきたいのを我慢《がまん》しつつ、アクアスティードにエスコートしてもらって馬車から下りる。

「お久しぶりです、アカリ様。久しぶりの帰省でこのような場面を見せられて、とてもびっくりいたしましたわ……」

「あはは。お久しぶりです、ティアラ様、アクア様」

アカリはドレスの汚《よご》れを手で払《はら》いながら、「仕方なかったんですよ」と口にする。

「だって、ティアラ様のお父様に許してほしかったんです。……ティアラ様を襲って、怪《け》我《が》をさせてしまったこと。まあ、会ってすらもらえてないんですけど」

「アカリ様……」

父親に面会の申《もう》し込《こ》みはしたけれど、会ってもらえなかったようだ。だからこんな強《きょう》硬《こう》手段に出ていたのかと、ティアラローズは今度こそため息をついた。

「それでしたら、先にわたくしに連絡《れんらく》をくだされぱいいものを」

「これは私とお父様の問題ですから、ティアラ様に迷惑《めいわく》はかけられません。……すぐに仲直りできると思ったんですけどね……私、ヒロインですし」

――さすがのヒロインでも、非攻略対象者では無理ね。

父親のシュナウスは愛妻家であり親ばかだ。非攻略対象者のお父様《おとうさま》……

ほかの女性に靡《なび》くようなことは絶対にないし、ティアラローズ関連であれば王命にも逆らうだろう。

そこに「おかえりなさい」というイルティアーナの心地《ここち》よい声が聞こえてきた。

ティアラローズがアカリと話していたので、会話に入るタイミングを見計らっていたようだ。

「元気そうで安心しました、ティアラ」

「お母様もお元気そうで何よりです。ごめんなさい、アカリ様がご迷惑を……」

「それはティアラが謝ることではありませんよ。……わたくしも一度アカリ様にお会いしたらと、そうシュナウス様に伝えているのですけれど、頑固《がんこ》でしょう？」

イルティアーナの言葉に、ティアラローズは頷くほかない。娘《むすめ》のことに関しては、とてつもなく頑固だからだ。

「……ひとまず、屋敷《やしき》に入りましょう。わたくしとアクア様はお父様にご挨拶《あいさつ》しないといけませんし」

「それがいいですね。申し訳ございません、アクアスティード陛下《へいか》。お見苦しいところをお見せしてしまいまして……」

イルティアーナが頭を下げて謝罪するのを見て、アクアスティードはすぐに首を振る。すべてアカリが独断でしたことであって、クラメンティール家に非はない。

「いいえ、お義母様《かあさま》のせいではありませんから。久しぶりにお会い出来て、嬉しいです」

「まあ、ありがとうございます。では、部屋に案内いたしますね」

そう言うイルティアーナに続き、ティアラローズは久しぶりに実家へ足を踏《ふ》み入《い》れた。

「ええっ!? アカリ様、何日も通っていたんですか!?」

「だって、そうしないと許してもらえないじゃないですか!!」

シュナウスが来るのを待ちながら、ティアラローズたちは応接室で話をしていた。その内容は、もちろんアカリがしていた土下座のことだ。

どうやら、許してもらうために毎日土下座を続けていたらしい。

ティアラローズは「アカリ様の気持ちは嬉しいですが」と前置きをして、口を開く。

「お父様が謝罪を受け入れるのは、難しいかもしれません。娘のわたくしにも、はっきり重度の親ばかだと言い切れますから」

それこそ、最初に起きた悪役令嬢《れいじょう》の断罪イベントではいつ父親が飛び出してくるかとハラハラしたものだ。

ティアラローズの言葉に、アクアスティードも同意する。

「私だって、アカリ嬢《じょう》を許すつもりはなかったからね」

「えっ、そうなんですか⁉　でもでもでも、アクア様は普通《ふつう》に接してくれているじゃないですか……！」

アカリは衝撃《しょうげき》の事実に絶望して、ひょえええと今にも叫《さけ》び出しそうな顔になっている。

「被害者《ひがいしゃ》のはずのティアラがすべて許していて、アカリ嬢と仲良くしているからね。私が何を言っても無駄《むだ》だろう？」

アクアスティードが口を出すことで、ティアラローズが望まない方向に話が進んでしまうのは嫌《いや》なのだ。

旦那様の優《やさ》しいフォローに、ティアラローズは胸がきゅんとなる。

「ありがとうございます、アクア様」

「まったく……。そのせいで私はハラハラさせられっぱなしだ」

「う……それは、すみません」

確かにアカリと一緒《いっしょ》にいると、テンションが上がって何でも出来るという気持ちになってしまうので困る。

ただ、そのポジティブなアカリの性格に救われることも多い。

口では難しいと言うティアラローズだが、アカリとシュナウスが和解してくれればそれが一番いいと思っている。

どうしたものかと考えているところに、シュナウスとイルティアーナがやってきた。

「ティアラ、元気そうでよかった！　アクアスティード陛下も、遠いところご足労いただきましてありがとうございます」

「お父様もお変わりなくて安心いたしました」

「お久しぶりです。今回も、お世話になります」

久しぶりに娘に会えたため、シュナウスはご機嫌《きげん》だ。背景に花でも飛ばしていそうな雰《ふん》囲気《いき》で、「夕食は豪華《ごうか》にしなければ」とにこにこしている。

しかしふと、視界の端《はし》にアカリを捉《とら》えてしまいその表情が崩《くず》れる。

「なぜアカリ様が？　私は屋敷に入れる許可を出してはいないが……」

暗に出ていけと言っているシュナウスに、部屋の温度が下がった気がした。現在のアカリは、王位継承権《けいしょうけん》がないとはいえ、ハルトナイツの妃《きさき》だ。

ティアラローズはどうにかシュナウスの機嫌を直さなければと思ったのだが、それより先にアカリが動いた。

「ごめんなさい、ティアラ様のお父様！　お父様の許可なく勝手に入ってしまったことは謝ります。でも……私とティアラ様はもう仲直りして、親友なんです！」

「し、しんゆう……っ!?」

アカリの言葉を聞いて、シュナウスは雷《かみなり》が落ちたような感覚に襲われる。自分の可愛《かわい》い娘がこんな凶暴《きょうぼう》な人間の親友？　ありえない、と。

シュナウスは額に手を当てて、ふうと息をつく。

「幻聴《げんちょう》が聞こえてくるなんて、私も相当疲《つか》れているようだ。ここ最近は、仕事が忙《いそが》しかったからな……」

どうやらアカリの言葉は聞かなかったことにしたらしい。その様子を後ろで見ていたイルティアーナは、困り顔だ。

どうにかフォローしようと、ティアラローズが口を開く。

「……お父様」

「ん？　なんだい、ティアラ。すぐとっておきのお菓子《かし》も運ばせるから、夕食までゆっくりお茶にしよう」

「まあ、お菓子！　……ではなく」

思わず舞《ま》い上《あ》がりそうになってしまった心を落ち着かせて、ティアラローズはコホンと咳払《せきばら》いをしてからもう一度シュナウスを呼ぶ。

「わたくしとアカリ様は、もう本当に仲直りしたんです。どうか、もうアカリ様を許してはいただけませんか？」

「ティアラ……」

ティアラローズはアカリの横に並んで、シュナウスに微笑《ほほえ》んで見せる。

確かに婚約者《こんやくしゃ》を奪《うば》われ、傷を負わされ、ティアラローズはアカリにたくさん酷《ひど》いことをされてきた。

けれど、今までいろいろと助けてもらったことも事実なわけで。

「それに、アカリ様はラピスラズリへの貢献《こうけん》も大きいです。新しいアクセサリーの普及《ふきゅう》や、お菓子など、女性が喜ぶ流行をたくさん作られているではありませんか」

第一王子の妃としての仕事も、きちんとこなしている。

可愛い娘にそう言われて、シュナウスはむむむと唸《うな》る。もちろん、この国の宰相《さいしょう》としてアカリの行っていることはシュナウスも把握《はあく》しているのだ。

しかしだからといって、それとこれとは別問題なわけで。

アカリはシュナウスをちらりと見て、やっぱり許してもらうのは難しそうだと小さくため息をつく。

そう簡単に許してもらえるとは思っていなかったけれど、予想以上だ。今日も、もう帰った方がよさそうだなと考え、アカリはティアラローズを見る。

「ありがとうございます、ティアラ様。そう言ってもらえるだけで、私はとても嬉しいです。私はただ、大好きなこの（ゲームの）世界が平和で、幸せであればいいと思って頑張《がんば》っているだけですから」

「本当に、アカリ様はこの国が大好きですね」

「そりゃあもう、大好きですよ。嫌《きら》いになるなんて、あり得ませんから！」

もっともっと発展してほしいと、アカリは笑顔《えがお》で言う。

いろいろな国と交流を持ち、世界一周旅行というのも夢がある。アカリはこの世界のことであればなんでも知りたいし、何かあれば全力で取り組むつもりだ。

そんなアカリの熱意を、シュナウスは初めてきちんと感じ取った。

「…………そうか、そんなにこの国のことを考えているのか」

小さく呟《つぶや》いたシュナウスの言葉だが、アカリは聞《き》き逃《のが》さなかった。

「お父様……」

「ずっと意固地になっていたのは、私だったのかもしれないな」

アカリの乙女ゲーム好きの気持ちが、少し捩《ねじ》れつつもシュナウスに伝わったようだ。先ほどまでの眉間《みけん》にしわを寄せた表情が消えて、どことなく優しさが感じられる。

「アクアスティード陛下も、アカリ様のことを許しているのですね？」

「……そうですね。彼女《かのじょ》がティアラにしたことは許容出来るものではありませんが、それ以上のものを、ティアラに与《あた》えてくれているようにも思います」

「なるほど、そのようなことが……」

いやはや、娘というのは親の知らない内に成長しているものだなと、シュナウスがどこか寂《さび》しさを瞳に浮《う》かべる。

「大丈夫《だいじょうぶ》です、お父様！　ティアラ様は私がちゃんと幸せにしますから!!」

「アカリ様、それじゃあプロポーズみたいです!!」

変な言い回しをするなと、啖呵《たんか》を切るようなアカリをすかさずティアラローズが止める。

「おっと、そうでした。お友達として、一生裏切りませんよ。私はいつだって、ティアラ様の味方でいるって決めたんです」

「なら、わたくしもアカリ様の味方ですね」

「はい！　何かあれば助けに飛んでいきますから、ティアラ様も私に何かあったら助けてくださいね？」

私がいれば百人力ですねというアカリに、ティアラローズは笑う。そして同時に、アカリがピンチになる場面なんて思い浮かばない。

むしろそのときは、国が崩壊《ほうかい》するレベルの危機ではないだろうかと考えてしまう。

「シュナウス様、もう許して差し上げましょう？　アカリ様はこの一ヶ月ほど、毎日それこそ風の強い日も雨の日も、謝罪に来てくれたではありませんか」

「イルティアーナ……それは、そうだが……」

口ごもるシュナウスに、ティアラローズがぽんと手を打つ。

「アカリ様はよく遊びに来てくれるので、アカリ様からわたくしの話を聞くところから始めてみてはどうですか？　……お父様にすぐ気持ちを切《き》り替《か》えろというのも、酷《こく》でしょうから……」

「あ、それはいいですね！　私、ティアラ様の可愛い話とかいっぱい知ってるんですよ！　この前なんて、お菓子作りに夢中になりすぎて、みんなが休憩《きゅうけい》してるのにも気づかず話しかけてきたんですから」

「ちょ、アカリ様!?」

それは言わないようお願いしたじゃないですかと、ティアラローズが取り乱す。

「……ティアラ、お菓子作りばかりに夢中になってはいけないぞ。お前はもう、マリンフォレストの王妃《おうひ》なのだからな」

「わかっています、お父様。今のは、アカリ様がちょっと大袈裟《おおげさ》に言っただけです……」

「なら、そういうことにしておこう。…………まだアカリ様を許せるかどうかはわからないが、こうしてティアラの話を聞くくらいであれば、耳を貸そう」

少し照れながら言うシュナウスに、ティアラローズは恥《は》ずかしくなりつつも結果に安堵《あんど》した。

アカリを誘《さそ》い、実家でお茶会をする日も、もしかしたら思いのほか早く実現するかもしれない。


帰省した翌日、ティアラローズはついに養子にした子どもと対面することとなった。

シュナウスが連れてくるというのを、アクアスティードと一緒にどきどきしながら応接室のソファに座って待つ。

「……ティアラ、表情が固くなっているよ」

「あ、わたくしったら……緊張《きんちょう》してしまって。姉になるというのに、駄目ですね」

アクアスティードに頬《ほお》をつんとつつかれて、ティアラローズは苦笑する。

これから義弟《ぎてい》となる子どもと仲良くなれるだろうかと、多少なりとも不安なのだ。もしも、あまりいい印象を持ってもらえなかったらどうしよう、と。

とはいえ、ティアラローズとしては仲良くしていっぱい甘《あま》やかしてあげようとも思っているけれど。

「ティアラの弟なんて、毎日が楽しそうでいいけどね」

「そうですか？」

「だって、私は毎日ティアラといられて幸せだから」

「……っ、また、そういうことをさらっと……」

ティアラローズは熱くなった頬を両手で包《つつ》み込《こ》みながら、アクアスティードの口は砂糖《さとう》で出来ているんじゃないかと思う。

ふいに部屋にノックの音が響《ひび》き、ティアラローズはハッと姿勢を正す。「どうぞ」と入室を促すと、シュナウスと、その後ろの子どもが目に入る。

——わ、綺麗《きれい》な子……。

予想以上に透明感《とうめいかん》のある儚《はかな》げな少年が姿を見せて、思わず息を呑《の》む。

「すまない、待たせたね」

「いいえ。お父様、わたくしの義弟を紹介《しょうかい》してくださいませ」

「ああ。さあ、お前の姉のティアラローズだ。ご挨拶をしてごらん」

シュナウスが子どもの背中を優しく押《お》すと、ティアラローズとアクアスティードの前に出てきた。

少し俯《うつむ》きがちだったけれど、ちらりとこちらをみてお辞儀《じぎ》をした。

「初めまして、ダレルです。どうぞよろしくお願いします」

ティアラローズの義弟となった、ダレル・ラピス・クラメンティール。

年は六歳《さい》で、薄《うす》い水色の髪《かみ》と、青の瞳を持った美しい少年。白を基調とした服装で、黒い膝丈《ひざたけ》のズボン。首元にはリボンが結ばれている。

何度か瞬《まばた》きをするだけで、彼《かれ》の表情は人形のように動かなかった。挨拶をしてすぐに俯いてしまったので、もしかしたら人見知りなのかもしれない。

ティアラローズはダレルを怖《こわ》がらせないように、ゆっくりと前へ行き、同じ目線になるようにしゃがんだ。

「初めまして、ダレル。わたくしはティアラローズよ。ティアラと呼んでね?」

「……………はい。ティアラお姉様」

ダレルがこくりと頷いたのを見て、ティアラローズはほっと息をつく。どうやら、嫌われたということはなさそうだ。

次に、アクアスティードも同じようにしゃがみダレルへ挨拶する。

「私はアクアスティード・マリンフォレスト。ティアラの夫で、マリンフォレストの国王だよ」

「お会い出来まして、光栄です。どうぞよろしくお願いします」

アクアスティードの挨拶に、ダレルは丁寧《ていねい》にお辞儀を返す。

ぎこちない動きだが、きっと緊張しているのだろうとティアラローズとアクアスティードは微笑ましく思った。

それからソファに座り、紅茶が用意された。

ティアラローズはダレルと何を話そうかとうきうきしながらも、いきなり質問ばかりして怖がらせてしまうのはよくないかしらと頭を悩《なや》ませる。

「無事に挨拶が済んで一安心だ。ダレル、きちんと挨拶が出来て偉《えら》かったぞ」

「はい」

シュナウスが頭を撫《な》でて褒《ほ》めると、無表情だったダレルがわずかに微笑んだ。それを見て、ティアラローズはダレルがシュナウスに心を開いているらしいことに安堵する。

どんな経緯《けいい》で養子となったかは聞いていなかったけれど、親子としての関係はちゃんと築けているのだろう。

「ダレル。わたくしはそんなに長期間は滞在出来ませんが、お出かけしたりしてたくさん遊びましょうね」

「……はい。ありがとうございます」

ダレルはティアラローズの言葉に頷くも、その顔は入室当初の無表情へと戻《もど》ってしまっていた。

――いきなり誘ったのは駄目だったかしら？

ティアラローズがしゅんと肩《かた》を落とすと、それをフォローするようにアクアスティードが口を開く。

「私はダレルの義兄《ぎけい》になるね……。同じ男同士、何かあればいつでも頼《たよ》ってくれて構わないよ。とはいえ、近くにとても頼りになるお義父《とう》さまがいるけれど」

そう言って笑うも、ダレルはティアラローズのときと同じように頷くだけだった。だが、無理やり距離《きょり》を詰《つ》めるようなことはしない。

少しずつ仲良くなっていこうと、ティアラローズは考える。養子になったばかりで、まだこの家に慣れるだけで精一杯《せいいっぱい》なのかもしれない。

「そうだ、ダレルは何か好きなものはあるかしら？　わたくしは、お菓子が好きなのよ。作るのも得意だから、ダレルにもケーキを作ってあげようと思うのだけれど……甘いものは好き？」

こんなときはスイーツの話題だと、ティアラローズは気を取り直して笑顔で話しかける。

ダレルはぱちくりと目を見開き、こてんと首を傾《かし》げた。どうやら、ティアラローズへの返事を考えてくれているらしい。

しばらくの沈黙《ちんもく》のあと、ダレルはこくんと頷いた。どうやら、お菓子や甘いものは好きな部類に入るようだ。

そのことに、ティアラローズはほっとする。

──よかった、一緒にスイーツを楽しむことが出来るわね！

なんて思ったのも束《つか》の間《ま》で。ダレルはシュナウスのことをちらりと見て、ソファから立ち上がった。

そしてそのまま深くお辞儀をして、部屋から出ていってしまった。

「…………え？」

もしかして、スイーツの話は駄目だったのだろうかと、ティアラローズが震《ふる》える。

「ああ、大丈夫だよティアラ。ダレルはまだ不慣れなだけで、きっとどう接していいのかわからないだけだろう」

「そうかもしれませんが……」

それでも寂しいとティアラローズが思ったところで、アクアスティードがシュナウスに声をかけた。

「……もしかして、ダレルの出自か何かに理由があるんですか？」

貴族の子息を養子にしたにしては、さすがに様子がおかしいと考えたようだ。シュナウスは大きく息をつき、ティアラローズとアクアスティードを見る。

「アクアスティード陛下にはお見通しですな」

シュナウスの言葉に、ティアラローズも「どういうことですか？」と眉《まゆ》をひそめる。

てっきりどこかの貴族の三男、四男あたりを養子に迎《むか》え入《い》れたのだと思っていた。けれど、シュナウスの様子を見るとそうではなさそうだ。

——でも、そうでなかったら誰？

そう考え、ティアラローズはもしかしてと目を見開く。

——まさか、存在を隠《かく》されていた王族!?

生まれてすぐ捨てられて、庶民《しょみん》として育てられた——なんて、実に乙女ゲームらしいストーリーではないか。

むしろ、高確率で出てくる設定だ。

絶対に間違《まちが》いないぞと、ティアラローズは確信する。きっとこれからシュナウスが説明してくれるだろうが、驚《おどろ》かずに聞くことが出来そうだ。

ティアラローズはゆっくり呼吸を落ち着かせる。

「お父様、ダレルのことを教えてくださいませ」

「……ああ、もちろんだ」

シュナウスは頷き、話し始めた。

「ダレルは、どうやら魔法使《まほうつか》いの弟子《でし》のようだ」

「…………え？」

捨てられた王族だと思っていたティアラローズは、ぽかんとしてシュナウスを見る。そして、シュナウスの話は続いた。

遡《さかのぼ》ること、数ヶ月前。

シュナウスはイルティアーナを連れ、郊外《こうがい》の花畑へと出かけていた。未《いま》だラブラブな二人は、休日にこうして出かけることも珍《めずら》しくない。

「シュナウス様、こちらにとても綺麗な花が咲《さ》いていますよ」

「んむ、いいものだな。これはイルティアーナの髪色に、おお、あっちはティアラの色に似ているな」

「まあ、シュナウス様ったら」

ご機嫌な様子のシュナウスを見て、イルティアーナが笑う。

二人が花畑の近くに座りお茶を楽しんでいると、遠くから『ウ～……』と何かが吠《ほ》えるような鳴き声が聞こえてきた。

「何……？」

「イルティアーナ、私の後ろに。すぐ、状況《じょうきょう》を調べてくれ」

シュナウスはイルティアーナを庇《かば》うように立ちあがり、従者へ現状を確認《かくにん》させる。護衛の騎士《きし》も一緒にいるから、よほどのことがない限り危険はないだろうが……。

「シュナウス様……」

不安そうなイルティアーナの声に、シュナウスは大丈夫だと言うように微笑んでみせる。

「きっと野犬か何かだろう。しかし危険だから、念のため馬車の中で待機しよう」

「……はい」

「何、騎士がすぐに対処してくれる。そう不安がることはな――ッ、イルティアーナ!!」

がさりと後ろから大きな音がして、シュナウスは咄嗟《とっさ》にイルティアーナを抱《だ》きしめる。

その瞬間、こちらに向かって一匹《ぴき》の狼《おおかみ》が飛び出してきた。

『ガウウウウゥッ！』

「うぐ……、っ！」

「きゃあああぁ！　シュナウス様!!」

イルティアーナを庇ったことにより、狼の牙《きば》がシュナウスを襲った。右腕《みぎうで》を狼に噛《か》まれ、血が流れる。

「誰か、シュナウス様が……っ！」

「シュナウス様、イルティアーナ様!!」

すぐに駆《か》けつけてきた護衛の騎士がその剣《けん》で狼を倒《たお》す。あっという間の出来事だったが、イルティアーナはあまりのことに思考が追い付かない。

それよりも、何よりも――

「シュナウス様!!」

血を流して苦しんでいる自分の夫をすぐに助けなければと、声をあげる。今は助けに来るのが遅《おそ》かった護衛騎士を叱《しか》っている場合ではない。

「……大丈夫だ、イルティアーナ。噛まれただけで、そんな大事ではない。それよりも、お前に怪我がなくてよかった」

「もっとご自分を大切にしてくださいませ、シュナウス様……っ」

「なぁに、お前は私の宝物だからな。守るのは当然だ」

優しく微笑むシュナウスを見て、ひとまず命に別状はなさそうだとほっとする。とはいえ、このまま放っておいたら悪化してしまう。

「早くお医者様を連れてきてちょうだい！」

「す、すぐに――」

護衛騎士が走り出そうと後ろを向いた瞬間、ソレは視界に現れた。

「怪我、したの？」

そのときに現れたのが、ダレルだった。

シュナウスは紅茶で喉《のど》を潤《うるお》わせて、続きを話す。

「いや、あのときは本当に驚いたよ。ダレルは、治癒魔法《ちゆまほう》を使って私の腕の怪我を治してくれたんだ」

「ダレルにそんな力が……？」

「驚いたな……」

治癒魔法というのはとても難しく、使える人間は少ない。

アカリが聖女の祈《いの》りとして治癒魔法を使うことが出来るけれど、それを除くと国に数百人しかいないだろう。加えて、完全に治せるレベルだと数人……といったところだろうか。

「私たちは、治癒魔法のお礼にダレルを屋敷に招いたんだ」

「そうだったのですね……」

「ただ、ダレルがいったいどういう人間なのかはわからなかった」

ダレルの素性《すじょう》はいくら調べてもわからず、本人もあまり自分のことを話さない。

きっと、辛《つら》いながらも一人で精一杯生きてきたのだろうとシュナウスとイルティアーナは思ったのだという。

それからしばらく一緒に暮らしてみて、口数は少ないが心根の優しい子だったので養子にしたのだという。

「しかし治癒魔法の腕前《うでまえ》がすごいから、孤児《こじ》ではなく魔法使いの弟子だったのではないかという話になってな。ダレルが何も言わない間はそう思うようにしているんだよ」

「お父様もダレルのことを詳《くわ》しくはご存じではないのですね」

「ああ。だが、いい子だということはわかっているから、これからゆっくり親子としての距離を縮めて行こうと思っているよ」

そう言ったシュナウスは、すでにダレルの父親の顔をしていた。


ダレルとの顔合わせが終わり、ティアラローズはアクアスティードと共に自室へ戻ってきた。

すぐにフィリーネが紅茶を淹《い》れてくれたので、ソファでのんびりすることに。

「ふう……」

ちょっと行儀《ぎょうぎ》が悪いかもしれないと思いつつ、ソファに深く腰《こし》かける。すると、隣《となり》に座っていたアクアスティードがティアラローズを抱きよせた。

「ティアラ、大丈夫？　道中の疲れが溜《た》まっているのかもしれないね」

「わわ、ありがとうございます。馬車には乗り慣れていると思うんですが、長旅でしたからね」

少し行儀は悪いかもしれないけれど、久しぶりの実家で、隣にいるアクアスティードが甘やかしてくれるならと、くつろいでしまうことにした。

——アクア様に寄りかかると、とても安心する。

フィリーネも心配そうにティアラローズを見て、「熱はありませんか？」と口にする。

「お医者様をお呼びしますか？」

「そこまでしなくても大丈夫よ、フィリーネ。少し休めばよくなると思うから」

「……わかりました。ですが、何かあればすぐにおっしゃってくださいね？　わたくし、真夜中でもすぐお医者様を手配いたしますから！」

無理をし悪化させては絶対に駄目だと、フィリーネに釘《くぎ》を刺《さ》される。

「では、わたくしは一度失礼します。何かあれば、すぐ呼んでくださいませ」

「ええ。ありがとう、フィリーネ」

フィリーネが退室すると、アクアスティードが悪戯《いたずら》っぽい笑みを浮かべてティアラローズの顔を覗き込む。

「アクア様？」

「いつも頑張りすぎだから、たまにはこうやってゆっくりするのも大切だよ。いっそ、横になってみる？」

アクアスティードがいとも簡単に、ティアラローズを膝枕《ひざまくら》してしまう。

「あわわわっ」

「ほら、目をつぶって深呼吸してごらん。落ち着くだろう？」

「……はい」

前髪を指ですくわれ、落ち着かせるように頭を撫でられる。こんな風にされたら、とろけてしまうとティアラローズは思う。

――でも、心地いい……。

もっと撫でてほしいと思いながら、ゆっくり目を閉じる。

「……アクア様の手、冷たくて気持ちいいです」

「うん。少し微熱《びねつ》がある……かな？　ダレルとの挨拶も終わって、緊張が解けたのかもしれないね」

「そうかもしれませんね。ですが……驚きました。わたくしはてっきり、どこかの貴族から養子を取ったとばかり思っていましたから」

父にしては少し軽率《けいそつ》な行動だと、ティアラローズは不思議に思った。ただ、先ほど会ったダレルは確かにとても穏《おだ》やかでいい子であるとは感じたけれど。

それはアクアスティードも同じだったようだ。

「後継《あとつ》ぎなら、親戚《しんせき》筋の子どもをというのが一般的《いっぱんてき》だからね。もしかしたら、何か他にも理由があるのかもしれない。ただ、治癒魔法の血筋は貴重だから、それも判断材料の一つではあるだろうね」

「そうかもしれませんね。わたくし、滞在中にもっとダレルと仲良くなれるよう、たくさんお話ししてみようと思います」

このまま問題なく成長すれば、きっとラピスラズリの重役に就《つ》くはずだ。そのとき、マリンフォレストとの外交をスムーズに行える間柄《あいだがら》になってほしい。

そう考えると、今からダレルの成長が楽しみだ。

「それなら、まずは元気にならないと。体調が悪いままだと、ダレルに心配をかけてしまうから」

「はい。ただ……なんだか食欲もないですし、少し体が重くて。夕食もあまり食べられないかもしれません……」

もしかしたら、気温の変化などでバテてしまったのもあるかもしれない。

「……ハッ、夕食を食べられないかもしれませんが、お菓子であればいつも通り食べられるような気がします……！」

それならばお菓子を作っておいた方がいいのでは？　そうティアラローズが言うと、アクアスティードが「こら」と苦笑する。

「……冗談《じょうだん》です」

「主食はちゃんと食べないと駄目だよ。でも、そんなことを言う元気があるなら少しは安心かな」

アクアスティードがくすりと笑ったので、ティアラローズもつられて微笑む。仕事を気にすることもなく、こうしてのんびり出来る時間は貴重だ。

――アクア様の仕事があると、どうしても気にしてしまうもの。

だからこうして時間を気にせずにアクアスティードを独《ひと》り占《じ》め出来ることが、実はとてもとても嬉しかったりする。

なので、膝枕も比較的《ひかくてき》すんなり受け入れることが出来た。疲れているというのもあって、ティアラローズも甘えたかったのだ。

――うぅ、顔がにやけてしまいそう……！

ぱっと両手で顔を隠すと、すかさずアクアスティードから「ティアラ」と、むすっとした声が降ってくる。

「こら、それじゃあ顔が見えない」

「さらっと恥ずかしいことを言わないでくださいませ……」

溶《と》けてしまう。そう思ったところで、部屋にコンコンとノックの音が響き来客を知らせた。

「あら？」

「私が対応しようか。ティアラは座ったままで」

「……すみません。ありがとうございます、アクア様」

アクアスティードが扉《とびら》へ向かうのを見て、ティアラローズはソファにしゃんと座り直す。フィリーネならばだらっとしたままでもいいが、両親やほかの使用人……という可能性もある。

——もし膝枕を見られたら、恥ずかしくて顔を合わせられないわ……！

アクアスティードの話し声が聞こえて、部屋の中に戻ってきた。見ると、訪ねてきてくれたのはダレルだった。

「突然《とつぜん》お邪魔《じゃま》して、すみません……」

ダレルは落ち着かないようで、そわそわしている。アクアスティードがソファを勧《すす》めようとしたが、それより先に言葉を続けた。

「……ティアラお姉様、お腹《なか》……大丈夫ですか？」

「え？」

ふいに気遣《きづか》われた言葉に、ティアラローズとアクアスティードの二人が声をあげる。確かに疲れて微熱はあるけれど、別にお腹の具合が悪いわけではない。

——ダレルはわたくしを心配して様子を見に来てくれたのね。

その優しさに、心が温かくなる。

「ありがとう、ダレル。そんなに体調が悪いわけではないから、わたくしは大丈夫よ。心配をかけてしまうなんて、お姉様失格ね」

本当は頼れる姉になるつもりだったのだが、出だしから心配をかけてしまった。これは元気になったらスイーツで挽回《ばんかい》するしかない。

「……そうですか」

ダレルはほっと息をついて、微笑んだ。

「すぐに紅茶を用意しましょう。ダレル、ソファへどうぞ」

「はい」

ダレルがソファに座ると、アクアスティードが自ら紅茶の用意をしてくれた。

「アクア様、それはわたくしが……」

「駄目だよ。ティアラはもう少しゆっくりして。……まあ、ティアラの淹れる紅茶には少し劣《おと》ってしまうけどね」

その点に関しては申し訳ないと、アクアスティードが笑う。

「そんなことありません、アクア様。とっても嬉しいです」

「そう？　喜んでもらえて何よりだ」

アクアスティードはダレルの前に紅茶を置いて、ティアラローズの横へ座り直した。

「わたくし、滞在中はたくさんダレルとお話がしたかったんです。ここでの生活には慣れましたか？　大変なこともたくさんあるでしょうけど、お父様はダレルのことをきちんと考えてくれていますから、何かあればすぐに相談してくださいね」

「……はい。よくしてもらっているのは、すごくわかります」

ダレルは頷いて、ティアラローズをじっと見る。

「ティアラお姉様は、隣国《りんごく》マリンフォレストの王妃だと教えてもらいました。だから、あまり会えなくて寂しいと」

「お父様ったら……」

教育に自分の娘恋《こい》しさが混ざっているぞと、ティアラローズとアクアスティードは苦笑する。寂しそうにしているシュナウスの姿が、すぐ目に浮かぶ。

「私たちもそうそう国を留守にするわけにはいかないからね、頻繁《ひんぱん》に帰省するのは難しいんだ」

「はい。それはお父様も言っていました」

アクアスティードとしてももっと自由に出来たら……とは思うが、国も違《ちが》い距離があるためそう頻繁に会う機会を作ってあげることは出来ない。

とはいえ、十分に対応してくれているとティアラローズは感謝している。

「今はまだ難しいだろうけど、ダレルも大きくなったらマリンフォレストへ一度来てみるといい。ラピスラズリとは違ったものもあるし、見聞を広められる」

「はい。そのときは、お父様も一緒に連れていきますね」

「それはいい」

ダレルは娘ラブなシュナウスのこともちゃんと考えて、いい息子《むすこ》をしているようだ。

まだまだぎこちない親子関係だと思っていたけれど、思いのほか上手《うま》く互いを気遣えているとアクアスティードは思う。

「…………はふ」

「ティアラ？」

「ティアラお姉様？」

アクアスティードとダレルが話をしていると、ティアラローズから辛そうな吐息《といき》がもれた。見ると、先ほどよりも少し頬が赤くなっている。

「もしかしたら、熱が上がったのかもしれないな……」

ティアラローズの額に触《ふ》れて、アクアスティードがその熱を測る。

「……さっきよりも熱いね。フィリーネに言って、すぐ医師を手配させよう。ダレル、少し席を外すからティアラについて――ダレル？」

ダレルはアクアスティードの声が聞こえているのかいないのか、ソファから立ち上がってティアラローズの前へやってきた。

「ダレル、わたくしは大丈夫ですから」

もし風邪《かぜ》だったらうつしてしまうかもしれないと、ティアラローズは離《はな》れるようダレルにお願いする。

けれど、ダレルは首を横に振った。

「やっぱり、苦しそう……」

さっきの大丈夫は無理して言ったものでしょう？　と、ダレルは寂しそうな顔をする。けれど、先ほどは本当にここまで辛くはなかったのだ。

ダレルはティアラローズの手を取ると、目を閉じた。

「ダレル？」

「いったい何を……」

ティアラローズが名前を呼び、アクアスティードがどうしようか考えたところで、ダレルの体が淡《あわ》く光った。

ぬくもりを感じるような、優しい水のような光だ。

「これは……」

ダレルが使ったのは、シュナウスが話していた癒《いや》しの力だった。

水の光がダレルを通じてティアラローズへ流れ、体が温かくなっていく。辛かった呼吸はあっという間に落ち着き、体も軽くなっている。

思っていた以上に自分は体調が悪かったようだと、ティアラローズは驚いた。

「これがダレルの力なのね……すごいわ。具合の悪さが嘘《うそ》のようになくなってしまったもの。ありがとう、ダレル」

ティアラローズが礼を述べると、ダレルは小さく頷いた。

「先ほど話を聞いてはいたが、すごい力だな……。ティアラを助けてくれてありがとう、ダレル」

「……はい」

アクアスティードも同じように礼を述べると、ダレルが嬉しそうに笑ってくれた。

「ティアラお姉様が元気になったから、その子も喜んでる」

「その子？」

ふいをつくようなダレルの言葉に、ティアラローズとアクアスティードは首を傾げる。

この部屋にいるのは、ティアラローズとアクアスティードだけだ。念のため見回してみるが、ほかには誰もいない。

するとダレルが、「ここだよ」とティアラローズのお腹を指さした。

「自分の具合が悪くて、ティアラお姉様も気分が悪くなったことを心配してたから……」

「え、ここって……」

ティアラローズは自分のお腹を見て、そっと手を添《そ》える。

もしダレルの言うことが本当ならば、アクアスティードの子どもを妊娠《にんしん》しているということになる。

落ち着くために深呼吸して、けれど確かに月のものが遅《おく》れているなとは思っていたことを思い出す。

――忙しさと馬車の長旅のせいだとばかり思っていたのに。

どきどきと、鼓動《こどう》が早くなる。

すぐ隣にいるアクアスティードを見ると、口元を押さえていた。息を吞み、嬉しそうに眉が揺れているのがわかった。

「アクア様、わたくし……」

「すぐ、すぐに医師を呼んでくる！　ティアラはじっとしていること。いいね？」

「は、はい……っ！」

アクアスティードが部屋を出ていくのを見送って、ティアラローズは改めてダレルにお礼を言った。

「ティアラ、肩の出るドレスは絶対に着ては駄目だよ。体は冷やさず、大人しくしているように」

「……えっと、はい」

すぐ医師の診断《しんだん》を受けたティアラローズは、アクアスティードから開口一番にそう言われてしまった。

そしてカーディガンをかけられてしまう。

ベッドの上にいるのでそこまで寒くはないけれど、気遣ってもらえることは嬉しい。

ティアラローズが苦笑しつつ頷くと、何かを言う間もなくぎゅっと抱きしめられた。

「それから、ありがとう。私たちの子どもを身籠《みご》もってくれて」

嬉しいんだと、ティアラローズの耳元でアクアスティードが告げる。喜びに震えているのがわかって、ああ、本当に自分のお腹に子どもがいるのだと自覚する。

――アクア様との、赤ちゃん……。

「わたくしこそ、嬉しいです。ありがとうございます、アクア様」

嬉しさが極《きわ》まって、涙《なみだ》が溢《あふ》れた。それをアクアスティードが唇《くちびる》で受け止めて、くすりと笑う。

「幸せの涙だから、甘いね」

「あ、甘くはないですよ？」

「私からすれば、ティアラはまるで砂糖菓子だ。甘くないところなんて、一つもない」

だからいつも、全部食べたくなってしまって困る――と、耳元で囁《ささや》かれてしまう。

「これからは二人を守れるように、もっともっと頑張らないといけないね。ああ、早く会いたいな」

「アクア様ったら、気が早いですよ……」

まだ妊娠したばかりだから、生まれるのはだいぶ先だ。

優しくお腹に触れるアクアスティードの頭を撫でて、ティアラローズは微笑んだ。


ティアラローズがひとしきりアクアスティードと過ごしたところを見計らって、フィリーネとエリオットがやってきた。

「おめでとうございます、アクアスティード様、ティアラローズ様」

「わたくし、もう嬉しくて……おめでとうございます、ティアラローズ様、アクアスティード陛下！」

ほんわか嬉しそうにしているエリオットと、涙を流しながら喜んでいるフィリーネ。

「ありがとう、二人とも。フィリーネ、そんなに泣いたらわたくしも……」

せっかく先ほど泣き止《なや》んだばかりなのに、釣《つ》られて泣いてしまいそうになる。ティアラローズがぐっと涙を堪《こら》えようとするも……目元がじんわりしてきてしまった。

「ティアラ、別に我慢する必要はない」

「……はい」

アクアスティードに頭を撫でられて、ぽろぽろと涙が零《こぼ》れ落《お》ちる。嬉しいと、こんなにも涙が溢れてくるなんて。

「今日はいろいろあって疲れただろうから、このまま寝《ね》てしまうといい」

「ですが、せっかくエリオットも来てくれたのに……」

あまり話をしないまま寝てしまうのも悪い――そうティアラローズが言おうとしたが、それより先にフィリーネが口を開く。

「いけません、ティアラローズ様！　今は自分のお体を一番にお考えくださいませ」

「そうです。私はお元気な姿を見られただけで十分ですから」

鬼気迫《ききせま》る様子のフィリーネに、ティアラローズはくすくす笑う。

「じゃあ、今日はお言葉に甘えて休ませてもらうわね」

「ええ、そうしてくださいませ。お休みの前にホットミルクなどはいかがですか？　体も温まりますよ」

「お願いしようかしら」

「はい」

飲み物の準備をするフィリーネと一緒にエリオットも下がると、アクアスティードは再びティアラローズの頭をゆっくり撫でる。

優しく大きな手でそうされると、うとうとと睡魔《すいま》に襲われてしまう。

——嬉しい、けど……。

「アクア様、そんなに撫でられたらフィリーネが戻ってくる前に寝てしまいそうです」

顔を赤くしてそう言うと、くすりと笑われてしまう。

「それは大変だ」

「絶対そんなこと思ってないですよね……？」

「どうかな。……でも、ティアラが私の横で安心して眠《ねむ》ってくれるのはとても嬉しいから」

どうしても撫でるのを止められないのだと言われてしまう。

「これは私だけの特権だからいいだろう？　ティアラに触れられるのは、私だけだ」

「……はい」

独占欲《どくせんよく》をあらわにするアクアスティードに、どきりとする。少し低い声に、色っぽい瞳。

必要以上にどきどきしてしまう。

ティアラローズはむむむ～っと、アクアスティードを見つめる。

——わたくしだって、触《さわ》りたいのに。

けれど今は、ダレルに癒しをもらったとはいえ安静にしていた方がいい。

にこにことティアラローズを撫でるアクアスティードはとても楽しそうで、幸せメーターが上がっていく。

「……アクア様」

「うん？」

「わたくしも触れたい、ので……これはどうですか？」

そう言って、ティアラローズは撫でていたアクアスティードの手を取って指を絡《から》ませる。

そしてそのまま自分の頬へと持ってきて、小動物のように擦《す》り寄《よ》る。

「………ティアラ」

アクアスティードは自由になっている手で自分のこめかみを押さえて、息をつく。

「ティアラは本当に私を煽《あお》るのが上手いな……」

「そ、そういうわけでは……っ！」

「わかっているよ。私がティアラを愛《いと》しすぎて仕方がないだけだ」

「～っ！」

ティアラローズの頬に触れているアクアスティードの指先が、ティアラローズをくすぐる。

「きゃっ！　アクア様……っ」

「これくらいはいいだろう？　可愛いティアラが悪い」

ふにふにと、アクアスティードの指先が唇の感触《かんしょく》を楽しむように触れてくる。ゆっくりなぞられると、ぴくんと体が震える。

アクアスティードの熱い眼差《まなざ》しが向けられて、思わず息を呑む。

「……好き」

「ティアラ？」

「大好きです、アクア様……」

自分に触れているアクアスティードの手を両手で包んで、その指先に掠《かす》めるようなキスをおくる。

ティアラローズははにかんで、いたずらっ子のような笑顔をアクアスティードに向ける。

「アクア様も、少しはどきどきしましたか？　……わたくしはもう、ずっとどきどきしっぱなしです」

だからアクアスティードにも一緒にどきどきしてほしくてキスを仕掛《しか》けてみたのだと、ティアラローズは口にする。

「……ティアラに触れているときは、いつだってどきどきしてるさ」

「え？」

もっと自信を持っていいと告げたアクアスティードが、ゆっくりティアラローズに覆《おお》いかぶさるようにしてキスをする。

「ん……」

触れてすぐ離れた唇が少し名残惜《なごりお》しくて目を開くと、間近にあったアクアスティードの金色の瞳と視線が合う。

――っ、アクア様、近い……。

けれどそれが心地よくて。

これからは、この人が自分だけではなく、お腹に宿った愛しい子どものことも守ってくれる。こんなにも安心出来ることは、きっとない。

「わたくしとこの子を、これからもどうぞよろしくお願いいたします」

そう言って、ティアラローズはぎゅっとアクアスティードに抱きついた。

「もちろん」

アクアスティードはティアラローズを抱きしめ返して、もう一度優しいキスをした。


翌朝、ティアラローズはフィリーネの「おはようございます！」と言う声で目が覚めた。

隣を見ると、アクアスティードはすでに起きたようでもぬけの殻《から》だ。

「おはよう、フィリーネ。……今、何時かしら」

窓の外を見ると、もうずいぶん明るい。寝坊《ねぼう》してしまったかもしれないと、ティアラローズは慌《あわ》てる。

「ゆっくりなさってください、ティアラローズ様。もう十時なので、確かにいつもより遅い時間ですが……昨日はいろいろありましたから」

支度《したく》をして軽い朝ご飯にしましょうと、フィリーネが微笑む。

「もうそんな時間なの？　……昨日は早く寝たのに」

「それだけお疲れだったんです。今はお腹に赤ちゃんもいるんですから、いつも以上にゆっくり過ごしていただかないと！　わたくし、ティアラローズ様が無茶しないようにしっかり見張りますからね？」

何が何でもティアラローズを守ると誓《ちか》うフィリーネは、アクアスティードと同じくらい頼《たの》もしい。

「ありがとう、フィリーネ。とても心強いわね」

「お任せください！　わたくし、どんなものからもティアラローズ様を守ってみせます！　たとえそれが辛い選択《せんたく》だとしても、お菓子の食べすぎも注意いたします……！」

「……っ！」

フィリーネの言葉に、ガンと頭を打たれた。

――た、確かにお菓子の食べ過ぎはよくないかもしれない!!

むしろ今までが割と好き勝手食べていたのだ。ティアラローズはお腹の子どものためだから仕方がないと、ぐっと泣きそうになるのを堪える。

その様子を見て、フィリーネは子どもが生まれたら世界で一番大きいケーキを贈《おく》ろうと決意する。

「それじゃあ、着替《きか》えて朝食に――」

ドンドンドン！

「きゃっ！　何の音……!?」

ティアラローズがベッドから立ち上がるのと同時に、屋敷に大きな音が響いた。びっくりしてベッドの柱に摑《つか》まると、フィリーネが「始まりましたね……」と苦笑する。

「お屋敷の修繕《しゆうぜん》をするみたいです」

「え？　そんな話、昨日はしてなかったのに……」

もしかしたら忙しい時期に帰省してしまったのかもしれない。しかし、「それは違います」とフィリーネが首を振る。

「ティアラローズ様が妊娠されたので、旦那様が急いで屋敷の中を整えていらっしゃるようですよ」

「え？」

「段差の高いところを少し低くするのだと言っていました」

「お父様……」

　昨日の今日でなんという早さだと、頭を抱えたくなる。とはいえ、そんなことをするくらい喜んでくれているというのはよくわかる。

　ティアラローズが支度を終え食堂に向かう途中《とちゅう》、慌てるアクアスティードの声が響いた。

「ティアラ、階段は危ないんじゃないか……？」

　抱《だ》き上《あ》げるから待ってと言うアクアスティードに、ティアラローズは急いで首を振る。さすがにそこまでしてもらう必要はない。

「大丈夫です、アクア様！　体だって、少しは動かした方がいいんですから」

「そう……？　でも、ちょっとでも辛くなったらすぐ言って」

　心配そうにするアクアスティードは、すぐにティアラローズの横へ来てエスコートしてくれる。

「はい。ありがとうございます……あ、おはようございます、アクア様」

「ああ、挨拶がまだだったね。おはよう、ティアラ。体調はどう？」

「たっぷり寝たので、元気になりました」

「ならよかった」

　ほっとしたところで、今度は階下にシュナウスがいた。どうやら、屋敷を修繕している業者と話をしているようだ。

その瞳はらんらんと輝《かがや》いて、いつも以上に活《い》き活《い》きしている。

──お父様、あんなにやる気に満《み》ち溢《あふ》れて……。

「我《わ》が家《や》の階段は高すぎないか⁉ ティアラが転んでは大変だから、すぐリフォームを‼」

屋敷の簡単な修繕ならまだしも、今からリフォームをしても完成するころにはティアラローズはマリンフォレストへ帰国しているだろう。

さすがにちょっと浮かれすぎだと、アクアスティードと顔を見合わせ苦笑する。……が、アクアスティードも頭の中で城の改築が必要かもしれないと高速で計画を立てていたりいなかったり。

ゆっくり階段から下りて、ティアラローズはシュナウスに声をかける。

「おはようございます。それから、リフォームの必要はありません……お父様」

「ああ、おはようティアラ。体は大丈夫か？ 無理はするんじゃないぞ？ リフォームは……そうだな、ティアラが帰った後の方がいいかもしれないな。今はあまりうるさくしない方がいいだろう」

どうやらリフォームをすることはシュナウスの中では決定したことのようだ。

ティアラローズはそこまでする必要はないと思っていて、助けてほしくてアクアスティードを見る。

「大丈夫だよ、ティアラ。城は私たちが戻るまでに急いで終わらせるように指示を出しておくから」

「そうではありませんよアクア様!?」

もうこの男二人には何を言っても駄目かもしれないと、気が遠くなる。

「男の子かな、女の子かな？　名前はどうしようか」

「……気が早いです、アクア様」

けれどどちらの性別で生まれたとしても、とびきり可愛い子だろうと思うのだった。


午前中は自室でアクアスティードと二人のんびりすごし、昼食後に改めて家族など親しい身内だけでお祝いをすることになった。

これからは食べ過ぎもよくないけれど、今日は特別だと様々なスイーツがティアラローズの目の前に並べられた。

フルーツたっぷりのタルトに、マドレーヌやマカロン。シュークリームに、ワッフル。ティアラローズがシェフに教えていたレシピと、そこからさらにアレンジしたであろう力作の数々。

「わぁあっ、どれも美味《おい》しそう……！」

「ティアラローズ様のために、料理人たちが張り切って作ったんですよ。今日は好きなだけ召《め》し上《あ》がってくださいませ」

「後でお礼を言わないといけないわね」

ティアラローズが席に着くと、フィリーネがフルーツティーを用意してくれた。爽やかな香《かお》りに、よりスイーツ欲をそそられる。

食堂にいるのは、主役であるティアラローズとアクアスティード。フィリーネ、エリオット、シュナウス、イルティアーナ、ダレルの七人だ。

「本当にめでたいな。おめでとう、ティアラ」

「おめでとう、ティアラ」

「ありがとうございます、お父様、お母様」

嬉しさで涙ぐんでいるシュナウスに、穏やかに微笑むイルティアーナ。

そしてシュナウスが机の上のベルを鳴らすと、何人もの使用人がぬいぐるみを抱えてやってきた。

「……え？」

「子どもにはおもちゃが必要だろう？　可愛い孫へのプレゼントを選ぶのはとても楽しいものだなっ！」

「お父様……」

屋敷の修繕だけでは飽《あ》き足《た》りず、いつの間にか大量のぬいぐるみまで買いに行っていたようだ。その数は、ゆうに両手の指の数を超《こ》えている。

気が早すぎると、その場の誰もが思ったが……にこにこ嬉しそうなシュナウスには誰もつっこみを入れることは出来なかった。

——こんなにたくさんのぬいぐるみ、全部は持って帰れないわね。

呆《あき》れたティアラローズではあるが、シュナウスの気持ちは素直《すなお》に嬉しいもので。何個かはマリンフォレストへ持ち帰り、残りは実家に置いておくことにしようと決める。

次に、緊張した面持《おもも》ちのダレルがティアラローズのところへやってきた。

「おめでとうございます、ティアラお姉様」

「ありがとう、ダレル。子どもが生まれたら、一緒に遊んでちょうだいね」

ティアラローズがそう言うと、ダレルは目をぱちくりと瞬《まばた》かせたあとにこくりと頷いた。

次に、フィリーネとエリオットが改めて祝いの言葉を口にした。

「おめでとうございます、ティアラローズ様」

「おめでとうございます。これは私とフィリーネからです」

そう言って、満面の笑みの二人がティアラローズに渡《わた》してきたのは、正方形の箱だった。

レースとリボンでラッピングがされている。

「ありがとう、二人とも。何かしら？」

ティアラローズがアクアスティードと一緒にラッピングをほどくと、中から出てきたのは赤ちゃん用の前掛《まえか》けだった。

色は白で、草花の刺繍《ししゅう》がされている。森の妖精《ようせい》たちから祝福されているティアラローズの子どもにとても似合うだろうと選んでくれたらしい。

――みんな、気が早すぎるんだから。

そう考えて、くすりと笑みが零れる。けれどお祝いしてくれること自体はとても嬉しいので、笑顔で受け入れる。

この世界では、子どもが産まれる前から〝早く会いたい〟という意味を込め、このように盛大に祝うのだ。

「とっても可愛い。一番に使わせてもらうわ。ね、アクア様」

「そうだね。みんなに祝福されて生まれてくるこの子は、きっと幸せだ」

改めてティアラローズとアクアスティードからお礼を伝え、ゆったりとした身内だけのお茶会が始まった。

ティアラローズとアクアスティードのお祝いの場ではあるのだが、ティアラローズはダレルともっと仲良くなりたいので隣に座って話をすることにした。

「ダレル、これはわたくしが料理人にレシピを教えて作ってもらったお菓子なんですよ。

気に入ってもらえたら嬉しいけれど……」

　そう言って、ティアラローズはシュークリームをダレルに差し出す。

　ふわふわのシュー生地《きじ》と、たっぷり入ったクリーム。間違いなく絶品で、ティアラローズは五個くらいならぺろりと簡単に平らげてしまう。

「ありがとうございます、ティアラお姉様。このお菓子は初めて見ました」

「ど、どうかしら……？」

　ぱくりと食べたダレルを見て、気に入ってもらえるだろうかとどきどきする。甘いものは好きだと言っていたので、大丈夫だとは思うけれど……。

　ティアラローズのようにスイーツ全部大好き！　というのは珍しく、誰しも好みというものが存在する。

　どきどきしながら待っていると、あまり表情を変えないダレルの顔に笑みが浮かんだ。

「好きです、これ……ええと、シュークリーム」

「本当？　ああよかった！　ダレルに気に入ってもらえてとても嬉しいわ」

　ほっと胸を撫でおろしたティアラローズは、あれもこれもと、おすすめのスイーツをダレルのお皿に取り分けていく。

　それを見たアクアスティードが、「ティアラ」とその手を取る。その表情は、どこか笑いを堪えているようだった。

「まさか、全種類ダレルのお皿に載《の》せるつもり？」

「え？　あ……わたくしったら！」

アクアスティードの呼びかけでハッとしたティアラローズは、スイーツを盛りすぎたお皿を見てくらりとする。

――わたくしとしたことが！

ダレルがシュークリームを気に入ってくれたのが嬉しくて、ついつい調子に乗ってしまった。

「ごめんなさいね、ダレル……」

ティアラローズが項垂《うなだ》れるように謝ると、ダレルはふるふると首を振る。そのままにこりと微笑んで、ティアラローズの持っていたお皿を手に取った。

「嬉しいです、ティアラお姉様」

「ダレル……！」

はにかむように笑ったダレルに、ティアラローズはきゅんとする。弟とはこんなにも可愛いものだったのかと、感動してしまう。

最初の挨拶のときはほとんど表情に変化が見られなかったので、嬉しさもひとしおだ。

「なんていい子なの、ダレル！」

「わっ」

嬉しさで、ティアラローズはぎゅっとダレルを抱きしめる。とても優しい弟だ。自分の子どもも、こんな風に育ってほしいと思う。

「アクア様、わたくしの弟はとてもいい子です！」

「そうだね。ティアラが嬉しそうで、私も嬉しいよ」

アクアスティードもくすくす笑って、子どもが生まれたらいい遊び相手になってくれそうだと微笑む。

実家に帰省したり、両親を含《ふく》めダレルをマリンフォレストへ招待するのもいいねとアクアスティードが言ってくれる。

そんなやりとりをデレデレしながら見ていたシュナウスが、「ああそうだ」と全員を見た。

「今回の妊娠の件だが、公表するのはティアラの体調が落ち着いてからにする。ラピスラズリでの公表は、マリンフォレストで公表した後がいいだろう」

「ああ、そうですね。私もそれがいいと思います」

王侯《おうこう》貴族の妊娠というものは、体調が落ち着くか、子どもが産まれてから公表することが多い。

今は問題ないのだが、昔――後継者《こうけいしゃ》争いや戦争があった時代、暗殺などから子どもを守るため生まれるまで隠し通していた。

その名残もあって、妊娠がわかってすぐに公表することはないのだ。

すぐに賛同したアクアスティードを見て、ティアラローズはイルティアーナと顔を見合わせる。少し困った顔で笑っているので、きっと同じことを考えているのだろう。

——こんなに浮かれている二人が、隠せるのかしら？

すでに、シュナウスは大量のぬいぐるみをうきうきと購入《こうにゅう》してきている。あっという間に、噂《うわさ》が広がってしまうのではないだろうか。

——たぶん、公表前にばれるわね……。

とはいえ、それもまた思い出の一つになるだろう。子どもが生まれたら、こんなことがあったのよと笑い話にすることも出来る。

ティアラローズは冷たいレモン水を一口飲んで、顔を手で扇《あお》ぐ。

「たくさん話をしたからでしょうか？　少し暑いですね」

「もしかして、また微熱——は、ないみたいだね」

アクアスティードがティアラローズのおでこに触れて、簡単に熱を計った。しかし別段熱いわけでもないので、気分が高揚《こうよう》したからだろうと微笑む。

「でも、体調がすぐれなかったらすぐに言うんだよ」

「はい」

頷いて微笑むと、突然——不思議なことが起こった。

「えっ⁉」

視界の端で何かが動いたような気がしてそちらを見ると、シュナウスが贈ってくれたぬいぐるみたちが一斉《いっせい》に動き出したのだ。

「すごいわ……」

くま、うさぎ、ねこ、いぬ、ドラゴン……ぬいぐるみたちは踊《おど》るようにくるくる回ったり、テーブルの周りを歩いたり走ったりしている。

その仕草はとても可愛らしくて、思わず目で追ってしまう。

女性陣《じん》はぬいぐるみの虜《とりこ》になってしまったが、男性陣はそうでもなかった。

アクアスティードは何かあったらすぐティアラローズを守れるようにしつつ、ぬいぐるみの様子を見る。

「いったいどうなっているんだ⁉」

「魔道具《まどうぐ》……という可能性は？」

驚いたシュナウスに、アクアスティードはどういったぬいぐるみなのか問いかける。

もしかしたら、そういうぬいぐるみなのかもしれないと思ったが……どうやらそうではないらしい。

「いいえ、普通の店で買ったぬいぐるみです。危害はなさそうに見えるが……」

街にある雑貨店で販売《はんばい》していたものなので、間違っても高価な魔道具やそういった類《たぐ》いのものである可能性はない。

シュナウスはおそるおそるくまのぬいぐるみに手を伸《の》ばして、抱き上げる。すると、くまは嬉しそうに手を動かして見せた。

その仕草がなんとも愛らしくて、頬が緩《ゆる》みそうになってしまう。

「まあ、可愛い……」

それを見たティアラローズが思わず呟き、自分も動くぬいぐるみを抱っこしてみたい衝動《しょうどう》に駆られる。

ぬいぐるみが動いて一緒に遊べたらいい……そんなことを、女の子であれば誰しも考えたことがあるのではないだろうか。

「ティアラ、駄目だよ？」

「わ、わかっています……！」

うずうずしていたのがばれてしまったのか、アクアスティードから先に注意されてしまった。

「ですが、原因がわからないのは困りますね」

「可愛いから嬉しいですが、怖くもありますね……」

理由がわからないので、簡単に受け入れるわけにはいきませんねとフィリーネが言う。

本当は触ってみたいけれどと苦笑しつつ、フィリーネはエリオットを見る。

「エリオットはどう思いますか？」

「そうですね……魔道具でないのでしたら、誰かが魔法で動かしているのではないでしょうか？」

「魔法で？」

エリオットの言葉に、全員がもう一度踊るぬいぐるみたちを見る。

魔法で動かすことも確かに出来るかもしれないが、それはきっと簡単な魔法ではなくとても高度なものだろう。

そうやすやす出来る人物なんて、いるだろうか。

そしてふと、こんなことが出来るかもしれない人物に一人だけ思い当たった。

この部屋にいて、すごい魔法の使い手——そう、ダレルだ。

もしかして、自分たちを喜ばせるためにやってくれたのかもしれない。

そう思ってちらりとダレルに視線を向けると、不思議そうにぬいぐるみを見ているだけだった。

「どうやら、ダレルがやった……というわけではないようだね」

「！　アクア様もダレルだと思っていたのですね」

「魔法でこんな芸当が出来る人物なんて、そうそういないから。もしかしたら……とね。魔法の腕はもちろんだが、発想力やセンスだって必要になってくるはずだ。私には出来そうもないしね」

ダレルであれば圧倒的《あっとうてき》な治癒魔法の才能、それとぬいぐるみで遊びたいという子どもならではの発想があるかもしれないとアクアスティードは思ったようだ。

しかしティアラローズ同様、ダレルの様子を見てそれはないと判断した。

——となると、いったい誰が？

アクアスティードは自分には出来ないと言った。続編のメイン攻略対象ということもあり、アクアスティード以上の魔法の使い手なんてそうそういるものではない。

——あと考えられるとしたら……。

ヒロインであるアカリ、それからアイシラ。もしくは、同じようにゲームの攻略対象者である人物だろうか。

——でも、エリオット以外はここにはいないし……。

そのエリオットも、自分ではないと首を振って否定していた。

「うぅーん……わかりませんね」

「何かあるといけないから、ティアラはひとまず部屋を移ろうか。ぬいぐるみの対処は、私たちがしておくから」

もし何かあったらお腹の子どもも危険に晒《さら》してしまう。そう考えたティアラローズは素直に頷いて、移動のために立ちあがる。

「その方がいい。原因が分かればいいが、分からない内は安心できないからな……」

「お父様、お気をつけくださいね」

「ああ。ティアラはゆっくり休んでいなさい」

ひとまずアクアスティードが部屋までエスコートしてくれるので、いったんこの場はシユナウスに託《たく》す。

しかし、ティアラローズが歩き出すとぬいぐるみたちもとことこと後ろをついてきた。

「ええぇっ!?」

「ぬいぐるみが……」

アクアスティードが咄嗟にティアラローズを背後に庇うが、ぬいぐるみたちはついてくるだけで特におかしな動きをする様子はない。

どういうことだと思っていると、ダレルがぬいぐるみたちの近くへ行った。そして言い聞かせるように、言葉を発した。

「ティアラお姉様はお部屋へ戻るから、もうおしまいですよ」

ダレルがそう言うと、ぬいぐるみたちはピタリと動きを止める。動かなくなって、その場に倒れてしまった。

その出来事にダレル以外の全員が大きく目を見開いて、その光景を見る。

「ダレル……ぬいぐるみを動かしていたのは、あなただったの？」

彼自身も驚いていたからてっきり違うとばかり思っていたのに、そうティアラローズが言葉を続けようと思ったが、「違います」と首を振った。

「赤ちゃんが魔法で動かしていたみたいです。きっと、お父様のぬいぐるみがとっても嬉しかったんだと思いますよ」

「え、赤ちゃんが……？」

ティアラローズは自分のお腹を見て、手で触れる。まさか、赤ちゃんがやっているだなんて考えてもみなかった。

「本当に、この子が……？」

ティアラローズがそう呟くと、まるで『そうだよ！』と返事をするみたいにねこのぬいぐるみだけが立ちあがって長い尻尾《しっぽ》を振ってみせた。

「これは、驚いた……」

「まぁ……」

シュナウスとイルティアーナが驚き、フィリーネは「さすがティアラローズ様のお子様！」と感動している。

アクアスティードはお腹に触れるティアラローズの手に自分の手を重ねて、優しく微笑む。

「どうやら私たちの子どもは、私が想定していた以上の魔力《まりょく》の持ち主みたいだね」

アクアスティードは自分が膨大《ぼうだい》な魔力を持っていることと、ティアラローズも妖精王から祝福されていることなどを考え、魔力の多い子どもが生まれるだろうとあらかじめ予想はしていた。

ただ、予想以上だったようだけれど。

「ええ……。とても驚きました」

ティアラローズは無事に生まれてくるだろうかと、ほんの少しだけ心配になる。

そして動かなくなったぬいぐるみの横では、シュナウスが「おじいちゃんのぬいぐるみが嬉しかったのか、そうか、そうか」と喜びが止まらなくなっていたとか、いないとか……。

第三章 ティアラローズの義弟

夜、ゆっくりバスタブにつかりながらティアラローズはいろいろなことを考える。

まず、お腹《なか》にいる赤ちゃんのこと。

まさか生まれる前から魔力《まりょく》を扱《あつか》うなんて、思ってもみなかった。そして、それを簡単に見抜《みぬ》いてしまったダレルのことも。

――一度、ダレルとちゃんと話をした方がいいかもしれない。

別にダレルを信じていないわけではないが、弟のことをきちんと知っておきたい。それに、赤ちゃんの魔法《まほう》のことだって何か話を聞けるかもしれない。

「……明日、ダレルをお茶に誘《さそ》ってみようかしら」

子どもにしては無口で感情の起伏《きふく》はあまりないけれど、話をしたらきっといろいろなことがわかるはずだ。

「そうと決まれば、さっそくフィリーネに相談しましょう！」

お菓子《かし》も、ダレルが食べたことのないものを用意……いや、自分で作るのがいいとティアラローズは一人頷《うなず》いた。

お風呂《ふろ》から上がると、ティアラローズはさっそくフィリーネに相談した。

「お茶会ですか？　いいですね」

ダレルもきっと喜ぶだろうと、フィリーネが笑顔《えがお》で頷いてくれる。まだ姉弟《きょうだい》となって日が浅いので、少しずつ仲良くなることに賛成してくれた。

「ダレル様を見ていると、わたくしも弟や妹を思い出します。……そうでした、レシピのお礼をティアラローズ様に言っておいてくれと」

「新しいレシピを渡《わた》したはいいけれど、わたくしの体調のこともあってアラン様と会うことも出来ていないものね……」

フィリーネの弟のアランも忙《いそが》しくしているが、スイーツ店の話をするために会う予定を立てていたというのに。

ティアラローズが肩《かた》を落とすと、フィリーネは気にしないように言う。

「今はティアラローズ様のお体が大事ですから、アランのことは気になさらないでくださいませ。妊娠《にんしん》のこともすぐ伝えるわけにはいきませんし、来年以降の落ち着いたタイミングでいいと思います」

「そうかしら……」

さすがに待たせすぎではとティアラローズは思うが、フィリーネが「そんなことはありません」と力説する。

「アランにはわたくしから伝えておきますし、逆に無理をさせたらわたくしが怒《おこ》られてしまいます。アランったら、ティアラローズ様が大好きなんですよ」

「まあ」

それは光栄ねと、ティアラローズは微笑《ほほえ》む。

「それじゃあ、申し訳ないけれどよろしく伝えておいてちょうだい」

「はい、お任せください」

しばらくはスケジュールを立てづらくなりそうだが、それ以上に自分の体調をしっかり把握《はあく》できるようにしたいとティアラローズは思った。

◆

「ティアラ、準備はこれでいい？」

「はい！　手伝っていただいてありがとうございます、アクア様」

ダレルを招いてのお茶会をするために、ティアラローズはアクアスティードと一緒《いっしょ》に自室で準備をしていた。

テーブルのセッティングは終わったので、あとは開始の時間になるのを待つだけだ。

「時間までまだ少しあるから、ティアラは座《すわ》っていようか」

そう言われて、ティアラローズはアクアスティードにソファまでエスコートされてしまう。妊娠が発覚してから、本当にいつも以上に心配性《しんぱいしょう》になっているし、甘《あま》やかされている。

「これくらいでしたら大丈夫《だいじょうぶ》ですよ？」

「それは……もちろんわかってはいるんだが、どうにも私が落ち着かなくてね」

アクアスティードもティアラローズの隣《となり》に座って、「私のためだと思って」と甘えられてしまう。

「……はい」

「ありがとう」

にこりとアクアスティードが微笑み、ゆっくりお腹に手を当てた。真剣《しんけん》な表情に見えるので、おそらく子どもの魔力について考えているのだろう。

今までこういった前例を聞いたことはないし、乙女《おとめ》ゲームもエンディング後に子どもが生まれたというようなエピソードはなかった。

なので、まったくの未知数――。

「……極《ごく》まれに、胎内《たいない》にいるうちから魔力を持つ子どもがいるという話は聞く」

「本当ですか？　わたくしはまったく聞いたことがなくて……」

「かなり珍《めずら》しいケースだからね。話が浸透《しんとう》しないのは、やっぱり力のある王族に現れる傾《けい》向《こう》が強いからだ。私たちの子どもなら、そうなるだろうとは思っていたけれど……」

だから庶民《しょみん》はもちろん、貴族にさえその情報が出回るということはほとんどないのだという。

「ただ、魔力を感じられる程度というのがほとんどで、今回のようにお腹の中から外に何か影響《えいきょう》を及《およ》ぼす……という話は聞いたことがないんだ」

「外へ及ぼすほどの魔力……。この子にとってそれが負担でなければいいのですが……」

「そうだね。何があっても、私が全力で守るから」

だからあまり不安にならなくていいと、アクアスティードに優《やさ》しく抱《だ》きよせられる。

「こんなに安心出来る場所は、ほかにないですね」

ティアラローズもアクアスティードに擦《す》り寄《よ》り、甘えてみる。するとこめかみにキスが降ってきて、そのまま鼻、頰《ほお》、最後は唇《くちびる》へ触《ふ》れる。

「可愛《かわい》い、ティアラ」

「あ、アクア様……」

もう一度キスを――そう思った瞬間《しゅんかん》、コンコンコンと部屋にノックの音が響《ひび》く。そして同時に、「ダレルです」という声も。

「ああ、もうそんな時間か……残念、タイムオーバーだ。続きはまた後で……」

そう言ったアクアスティードはティアラローズのこめかみに優しいキスをして、ソファから立ち上がる。

「アクア様、わたくしが……」

「大丈夫だから座っていて。これくらいのことは、私がしてもいいだろう？」

扉《とびら》を開けると、緊張《きんちょう》した面持《おもも》ちのダレルが直立不動していた。そしてばっと勢いよく頭を下げてお辞儀《じぎ》をした。

「お招きありがとうございます、ティアラお姉様、アクアスティード陛下《へいか》」

「いらっしゃい、ダレル」

「そんなに緊張することはないし、私のこともそんなに堅苦《かたくる》しく呼ぶ必要はない。さあ、おいで」

アクアスティードが優しくダレルの背中に触れて、部屋の中へ入るように促《うなが》す。

「あ、ありがとうございます。ええと……その、陛下でなければ、なんと呼べばいいでしょう？」

「そうだな……。ティアラの弟なんだから、同じように兄と呼んでくれて構わないよ」

もちろん名前に様付けでもいい。アクアスティードがそう言うと、ダレルは視線をさ迷わせて、どうしたらいいか考える。

「お兄様……」

「ああ、それでいい」

「はい。ありがとうございます」

アクアスティードが頷いたのを見て、ダレルはほっとする。

「二人とも、本当の兄弟《きょうだい》みたい」

「本当ですか？　ティアラお姉様。……嬉《うれ》しいです」

緊張していたためか無表情だったダレルも、ふわりと表情が柔《やわ》らかくなる。

「さあ、お茶にしましょう。ダレルもどうぞ座って」

「はい」

ダレルが自分の向かいに座ったのを見て、ティアラローズは「緊張しなくて大丈夫よ」と微笑む。

アクアスティードも隣に腰《こし》かけたのを確認《かくにん》して、お茶を淹《い》れる。ダレルはじっとティアラローズの手元を見ていて、膝《ひざ》の上に載《の》せた手は固く拳《こぶし》を握《にぎ》っている。

――すごく緊張しているみたい。

ダレルが話しやすいように話題を振《ふ》ろうと、ティアラローズは口を開く。

「今日は、昨日より少し小さめのシュークリームを用意してみたの。中のクリームは、昨日のものとチョコレートの二種類あるわ」

遠慮《えんりょ》せずに食べてと、まずはお菓子で攻《せ》めてみることにしたティアラローズ。

ダレルは目を瞬《しばたた》かせながら、「美味《おい》しそうです」と感想を言う。そのまま手を伸《の》ばして、昨日はなかったチョコレートのシュークリームを口に含《ふく》む。

「……！　これ、美味しい……」

「気に入ってもらえてよかったわ」

プレーンのカスタードに続いて、チョコレートも気に入ってもらえたことにティアラローズは嬉しくなる。

笑顔になったダレルを見て、普段《ふだん》からこれくらい距離《きより》が近かったらいいなと思う。

「ありがとうございます、ティアラお姉様」

「どういたしまして、ダレル。緊張しているとは思うけれど……もっと気楽にしてくれていいのよ？」

すぐにというのは難しいけれど、もっと笑顔を見せてもらって、たくさん話をしたい。それを素直《すなお》に伝えてみると、ダレルはちょっと困った顔をした。

――言いすぎてしまったかしら!?

ティアラローズは慌《あわ》てて、「無理にとは言わないわ」と首を振る。姉の言いつけだからと、ダレルが嫌《いや》だと思うことを強要するつもりは毛頭ないのだ。

しかしダレルは黙《だま》ってしまい、ティアラローズはもう少し交流を持ってからにすればよかったと後悔《こうかい》する。

弟が出来たことが嬉しくて、自分に癒《いや》しを与《あた》えてくれたことや、赤ちゃんが魔法を使っていることを教えてくれたこともあり勝手に距離が近いと思い込んでしまっていた。

ティアラローズがどうフォローしようか考えていると、アクアスティードがダレルに声をかけた。

「会ったばかりだから、まだ話しにくいのも仕方ない、でも、よければダレルのことを教えてくれないか？　私もティアラも、もっとダレルと仲良くなれたら嬉しいからね」

「お兄様……ありがとうございます。ええと、僕《ぼく》は……あまり言葉を知らなくて、勉強中なんです。だから、二人に迷惑《めいわく》をかけてしまうかもと思って……」

ダレルはまだ知らないことが多く、丁寧《ていねい》な言葉遣《ことばづか》いが苦手で、字もスムーズに読むことができないのだと言う。

「そうだったのね。ダレル、迷惑なんて思わないわ。たくさん話をしましょう？　ダレルの勉強にもなるし、わたくしも嬉しいもの」

「そうだね。もし間違《まちが》った言葉があれば、教えてあげることも出来る」

「あ、ありがとう！　嬉しい」

ティアラローズとアクアスティードの言葉に、ダレルは年相応の笑顔を見せてくれた。

今までとは違《ちが》って、安心して微笑むことが出来たのだろう。

「ふふ。ダレルはわたくしたちの弟ですもの。ねえ、もしも嫌じゃなかったら……ダレルが今までどう過ごしていたか教えてほしいわ」

「あ……それは……」

笑顔だったダレルの表情が再び曇《くも》り、ティアラローズはしまったと自分を責める。

シュナウスやイルティアーナもしらないことを、出会ってまだ数日しか経《た》っていないティアラローズに教えるわけがないのだ。

しかしそんなティアラローズの様子を見て、今度はダレルが焦《あせ》る。自分のせいで、優しい姉を困らせてしまった、と。

「違うんです、ティアラお姉様！　その……師匠《ししょう》のことを思い出してしまって」

「師匠？」

「僕に治癒《ちゆ》系の魔法を教え、育ててくれた人です。いつも師匠と呼んでいたので……」

初めて、ダレルの口から治癒魔法を習っていたと教えてもらえた。そして同時に、シュナウスの予想が当たっていた。

ダレルの雰囲気《ふんいき》を見る限りでは、師匠に対しては好意を持っているように見える。

——でも、今は師匠から離《はな》れて我《わ》が家《や》の養子になったのよね？

何か事情があって離れ離れになるパターンはいろいろあるけれど、こんなに優しいダレルが師匠に愛想《あいそ》を尽《つ》かされるというのもなんだか想像が出来ない。

可能性としては、授業料を支払《しはら》っていて、けれどそれが不可能になった。またはダレルが何かミスをして、破門になったか。

――ダレルはこんなにすごい治癒魔法を使えるのに。

どうして一緒にいられないのだろうと考えたところで、ティアラローズの思考が一つの可能性に辿《たど》り着《つ》く。

慌てて話題を変えようとしたが、もう遅《おそ》い。

「師匠は雨の降った日に、泡《あわ》のように消えてしまいました。それから僕は一人で……どうしたらいいかわからなくて悩《なや》んでいたとき、お父様たちに出会ったんです」

「ごめんなさい、ダレル。わたくし、あなたに辛《つら》いことを思い出させてしまったのね。育ててくれた師匠に会えなくなってしまうのは、とても寂《さび》しいもの」

ティアラローズが泣きそうになると、ダレルは「お姉様は優しいですね」と驚《おどろ》いた。

「でも……そうか、この感情は『寂しい』と言うんですね」

ダレルは今まで、その感情を表す言葉を知らなかった。師匠が教えてくれなかったことは、ダレルは知らない。

だからダレルは無口だった師匠と同じで口数は少ないし、狭《せま》い世界で生きていたため魔法以外は知らないことが多い。

アクアスティードも驚いて、慰《なぐさ》めの言葉をかける。

「話してくれてありがとう、ダレル。もしまた辛いことがあれば、遠慮なく言ってくれたらいい」

「ええ、アクア様の言う通りです。寂しかったら、わたくしと一緒にたくさんお喋《しゃべ》りをしましょう。お母様も、ダレルともっと話をしたいはずですから」

「お姉様、お兄様……ありがとうございます。少し、寂しいのが減った気がします」

そう言ってダレルは、少しだけ自分のことと師匠の思い出を話してくれた。

「僕はずっと師匠と二人、森の中で暮らしていたんです。年に何回か街に行ったことはあるんですが、それくらいで。だから、この家に来て初めてお菓子を食べたときはびっくりしました」

ダレルの知っていた甘いものといえば、森で採れた蜂蜜《はちみつ》くらいだったし、純粋《じゅんすい》に甘いものといえば木に生《な》っていた果物《くだもの》類だろうか。

おもちゃなんてなく、毎日が魔法漬《づ》けの日々だった。

だからダレルは魔法以外ほとんど何も人から与えられないのが当たり前で、今の環境《かんきょう》にまだまだ慣れないのだと苦笑《くしょう》した。

「でも、優しくしてくれるお父様やお母様のために早く慣れたいです。もう一人でいるのは、嫌だから……」

「ダレル……」

ダレルは嫌《きら》われないように気を付けて、必死に勉強していたのだ。師匠と離れ離れになってから見つけた、この大切な場所を失わないように。

そんなダレルの話を聞き終えたティアラローズは、涙《なみだ》が溢《あふ》れるのを止められない。だってまさか、こんなに幼い子どもがそんな辛い経験をしていたなんて。

師匠が亡《な》くなったという話だけでも辛かったのに、この場所を大切に思い、失いたくないと頑張《がんば》ってくれている。

「ダレル、何があってもわたくしが守りますからね！」

「僕も、ティアラお姉様のことを守ります！　治癒魔法以外は得意じゃないけど……」

だから何かあったら、自分を頼《たよ》ってとダレルがやる気を見せる。

それが可愛くて、ティアラローズは「わたくしの弟がとっても健気《けなげ》です！」とさらに守ってあげたくなる。

「なら、私は二人丸ごと守らないとね」

「アクア様がいれば怖《こわ》いものなしですね」

「はい！」

ティアラローズとアクアスティードが微笑むと、ダレルも嬉しそうに笑いながら元気に返事をしてくれた。

「ん……んぅ……？」

ティアラローズは息苦しさを感じて、ふと目を覚ました。

昨日の夜はホットミルクを飲み、そのまま就寝《しゅうしん》したはずだ。寝付《ねつ》きもよく、体調が悪かったということもない。

「はぁ……」

移動の疲《つか》れが抜《ぬ》けきっていなかったのだろうか？　そう思って軽く体を起こし——ひゅっと息を呑《の》んだ。

「な、なに……これっ⁉」

「ん……ティアラ？」

ティアラローズが声をあげると、すぐにアクアスティードが目を覚ます。そして周囲の状況《じょうきょう》を確認し、ティアラローズを庇《かば》うように抱きしめる。

「これは……魔法か？」

ふわり——と、ティアラローズとアクアスティードの寝ていたベッドが宙に浮《う》いていた。

同時に、寝室《しんしつ》に置いてあったぬいぐるみや、サイドテーブル、本や花瓶《かびん》なども同じ高さにある。

まるでゆりかごのようにゆっくり揺《ゆ》れて、どこか安心するような感覚。

そんな気がするのだけれど、ティアラローズの息苦しさは一向によくならないばかりか――悪化していっていると、そう感じる。

呼吸が苦しそうなティアラローズを見て、アクアスティードはすぐに抱き上げる。この不思議な現象を起こしているのは、きっと胎内にいる赤《あか》ん坊《ぼう》だと気付いたからだ。

ベッドから飛び降り、アクアスティードは叫《さけ》ぶように声をあげる。

「エリオット、フィリーネ！　すぐに医師の手配を！　それから、夜中で申し訳ないがダレルを起こしてきてほしい」

バンっとドアが開き、真っ先に駆《か》けつけたのはエリオットだ。

上着はなく、髪《かみ》も整えられていない。息を切らしていることから、一刻も早く来ることを選んだのだろう。

「アクアスティード様、いったい何が――ティアラローズ様!?」

先ほどまでは苦しいものの意識を保っていたティアラローズだったが、今はアクアスティードの腕《うで》の中でぐったりしている。

「エリオットはすぐにダレルを起こしてきてくれ。医師にも診《み》てもらうが、治癒魔法を得意とする彼《かれ》の方が適任かもしれない」

「わかりました、すぐに！」

入れ違いに、カーディガンを羽織り髪をさっとまとめたフィリーネがやって来た。

「ティアラローズ様!?　いったい何があったのですか!?　それよりも、医師は……!?」

「まだだ。今、エリオットにダレルを呼びに行ってもらっている。フィリーネは医師の手配をして、終わったらすぐ侯爵《こうしゃく》たちにも知らせてくれ」

「すぐに！」

慌ててフィリーネが出ていくのを見て、アクアスティードは息をつく。まずはティアラローズを寝かせなければならないが、ベッドと小物は浮いたままだ。

とはいえ、ソファに寝かせては体が疲れてしまう。

普段ならばいいが、今は妊娠中のため少しでもティアラローズに負担がかからないようにしたいとアクアスティードは考える。

この状態が続くようであれば、別の部屋を用意してもらうしかない。

「はぁ、はぁ……っ」

「ティアラ……」

じんわり汗《あせ》をかき苦しそうなティアラローズの額を優しく撫《な》でて、そっと唇を落とす。

——熱い、な。

だいぶ熱がありそうだ。隣で寝ていたのに、気付かなかったことが情けない。

ティアラローズに何もしてあげられないことが悔《くや》しい。それに、自分の子どものことなのに、こうも役立たずなんて、と。

バタバタと足音が近づいてきて、バンッと扉が勢いよく開く。飛び込んできたのは息を切らしたダレルで、大きな目でティアラローズを見た。

「ティアラお姉様……！」

「就寝中にすまない、ダレル。おそらく、お腹の子どもの魔力が影響しているんだろう。私が何かして、悪影響があってはいけない……。すまないが、診ることは出来るか？」

ダレルと同じ目線になるようにしゃがみ、ティアラローズが突然《とつぜん》苦しそうになったことと、周囲にあるものが浮いたということを伝える。

ダレルは小さく頷いて、ティアラローズのお腹部分に手を置いた。

「僕では根本的な解決は無理ですが、ティアラお姉様の体調を一時的に落ち着かせることは出来ると思います」

そう言い、ダレルが治癒魔法を使った。すると、みるみるうちにティアラローズの呼吸は落ち着いていき、穏《おだ》やかな寝息《ねいき》になった。

どうやら、苦しさは解消されたようだ。

アクアスティードが額に手を当てて熱がないか確認すると、先ほどと比べると熱さは引いていた。

「……ありがとう、ダレル。助かった」

「いいえ、ティアラお姉様が苦しいのは僕も嫌ですから……」

寝室へ視線を向けると、浮いていたものはすべて元の位置へ戻《もど》っている。そのことにほっと胸を撫でおろして、ティアラローズをベッドへ寝かせた。

そしてタイミングを見計らったかのように、先ほどより大きな足音が響いた。

「ティアラ、ティアラ、ティアラ〜！」

「旦那《だんな》様、あまり大声を出されてはティアラローズ様が……っ」

アクアスティードの予想通り、やってきたのはシュナウス。それを追いかけるように、フィリーネも戻ってきた。

「ダレルに治癒魔法を使ってもらったので、ティアラはもう落ち着きました。今は寝ていますから、静かに」

「よ、よかった……。ダレル、さすがは私の息子《むすこ》だ！　ティアラを助けてくれて、ありがとう」

「はい」

シュナウスがダレルの頭を撫でて褒《ほ》めると、ダレルも嬉しそうに頬を緩《ゆる》めた。

「ああ、よかったです……。ティアラローズ様が無事なら、ダレル様もお休みになられた方がいいですね」

「そうだな。ダレル、もう部屋に戻りなさい。また明日、朝食の席で」

「はい。おやすみなさい」

送りますと言ったフィリーネがダレルを連れて部屋を出ると、入れ違いでエリオットが戻ってきた。

「もうすぐ医師が到着《とうちゃく》します」

「ああ、わかった」

それからすぐ医師にティアラローズを診てもらったが、身体的な疲労《ひろう》があるだけという診断《しんだん》のみだった。

魔力が関わってくると、一般《いっぱん》医療《いりょう》はあまり役に立たない。病気や怪我《けが》ではないので薬の回復や状態改善が難しいのだ。消耗《しょうもう》していく体力を回復させることは出来るかもしれないが、それも微々《びび》たるものだろう。

眠《ねむ》るティアラローズを見ながら、アクアスティードは何か考えなければと焦りを覚えた。


翌日、ティアラローズは普段通り目を覚ました。

「ティアラ、体調はどう？」

「昨夜はご迷惑をおかけいたしました。今はもう、問題ないと思います」

「迷惑なんてことはないよ」

元気ですと言うティアラローズに、アクアスティードはほっとする。しかしまたいつ同じような状況になるかわからないので、しばらくはゆっくりしているように言い聞かせる。

「もうすぐフィリーネが来るから、私がいない間は必ず一緒にいるようにしてくれ」

「わかりました。少しゆっくりしていますね」

「私は侯爵と話をしてくるから。それが終わったら、一緒にスイーツを食べよう？」

ベッドへ横になったティアラローズの頭をそっと撫でて、アクアスティードは微笑む。

そのままピンク色の唇に口づけて、「いい子にしてるんだよ」と。

「もう、わたくしだってちゃんと大人しく出来ますよ？」

「ティアラは前科がありすぎるからね。……っと、フィリーネが来たみたいだ。それじゃあ、また後で」

「はい」

名残《なごり》を惜《お》しむようにもう一度だけ唇に触れて、アクアスティードは部屋を出た。

「アクアスティード陛下！」

応接室に行くと、すでにシュナウスが待っていた。

今から、ティアラローズのことを話し合うことになっている。現状もそうだが、今後も改善がみられなければ今以上に状況が悪くなるかもしれない。

アクアスティードはソファへ座り、ひとまず今回の原因を告げる。

「……お腹の子どもの魔力が大きすぎます」

「それは私もわかっています。魔力が多く優秀《ゆうしゅう》な分にはいいが、それがティアラにどんな影響を及ぼすかわからないのは怖いですな」

「ええ」

アクアスティードは夜中に急いでまとめた資料をテーブルに置き、シュナウスに見せる。

「片《かた》っ端《ぱし》から調べてみましたが、いかんせん時間が足りず……これだけでやっとです」

「これは、魔力を持った子どもの実例ですか!?」

基本的に公《おおやけ》にされていないデータだが、信頼《しんらい》のできるものだ。

昨日の夜に、エリオットの連絡《れんらく》魔法を使いマリンフォレストサイドと情報のやりとりをした。その情報の発信源は昔からの資料などではなく情報のすべてを知っているであろう存在――空の妖精《ようせい》王クレイル。

「子どもの魔力がここまで大きいという記録は、ありません」

「……そのようですな」

資料に目を通しながら、シュナウスがアクアスティードの言葉に頷く。そして、「この短時間でよくこれだけの資料を……」と感嘆《かんたん》の声をもらす。

「今はまだ、ティアラは大丈夫でしょう」

「……今、は？　では、これから先に何かあるというのですかな？」

ぴくりとシュナウスの眉《まゆ》が動き、表情が硬《かた》くなる。しかし、それはアクアスティードも同じ。

ティアラローズのことは何があっても守ると誓《ちか》ったのだから、どんな手段を使ってでも助けるつもりだ。

「魔力というものは、成長していきます。子どもであれば、その伸びしろは大きい」

「ふむ……それは、そうですな」

「今はぬいぐるみを動かしたり、ものを浮かしたり。おそらくお腹の子どもも遊んでいるような感情があるのでしょう。夜中のあれは――夜泣きのようなものではという見解があります」

クレイルから聞いたことを、そのままシュナウスに伝える。

つまり、現状はお腹の子どもは魔力をコントロールしながら魔法を使っているからそこまで問題はない。いや、ティアラローズが苦しんでいるだけで大問題ではあるのだが、これからはもっと厳しい状況になるはずだ。

「もし、もしも魔力がどんどん増え続け――お腹の子どもが魔力のコントロールが出来なくなったら」

アクアスティードが起こりうる可能性の話をする。

「そ、そんなことになったら大変ではないですか！」

「そうです。だから私は、ティアラを助けるためになんとかしてその方法を見つけたいのです」

お腹の子どもが魔力をコントロール出来るようにするか、もしくは何かまったく別の方法を見つけるか。

時間は、あまりない――。

第四章 夜の花鳥

ティアラローズがお腹《なか》の子どもの魔力《まりよく》に苦しむようになって数日後、再びアカリがやってきた。もっとシュナウスと仲良くなるために、ティアラローズの話をするためだ。

もちろん、ティアラローズとアクアスティードとお茶もしたいと思っている欲張りっ子でもある。

そんなるんるん気分のアカリは、まだティアラローズの現状を知らなかった。


ティアラローズの自室、その事実を聞いたアカリは歓喜《かんき》の声をあげた。

「え!? 子どもが!? きゃー! おめでとうティアラ様〜っ!!」

アカリが「やったー!」と両手を広げて喜びをみせる。

「これはお祝いを用意しないと! ティアラ様にはやっぱりスイーツがいいですかね?」

「アカリ様ったら……ありがとうございます」

「いいえ。今度持ってきますね! ……にしても、悪阻《つわり》ですか? なんだか顔色がよくなさそうですけど」

疲《つか》れた様子でソファに腰《こし》かけているティアラローズを見て、アカリが心配そうに首を傾《かし》げる。

「ベッドで休みますか？」

「いいえ。悪阻と言うか……赤ちゃんの魔力が大きすぎて、それがわたくしに影響《えいきょう》してしまっているみたいなの」

「ええっ!? さすがはティアラ様とアクア様の子ども！ 生まれる前から最強じゃないですか!! テンション上がりますね!!」

さすがは悪役令嬢《れいじょう》と続編のメイン攻略《こうりゃく》対象！ そう言ってアカリがはしゃぐ。

話はもっと深刻なのだが、彼女《かのじょ》がいると大丈夫《だいじょうぶ》かもしれないとなんだか気楽な気持ちになる。

はしゃいで満足したらしいアカリがソファに座《すわ》り、「それでそれで？」と話を続ける。

「性別とか、そういうのはわかってるんですか？」

「まだ先ですよ。妊娠《にんしん》が分かったのだって、つい先日なんですから。……というか、この世界で性別判定なんて出来るかしら？」

「あ、確かに。日本の医療《いりょう》だと当たり前になってるけど……こっちは医療機器なんて全く発展してませんからねー」

医師にも、性別は生まれるまでわからないと言われている。

国王であるアクアスティードの子どもであることを考えると、やはり王子がいいのだろうか。けれどティアラローズは元気に生まれてくれればどちらでも構わないと思っているし、アクアスティードも同じ気持ちだろう。

「でも、ティアラ様の子どもだったら……女の子はめちゃくちゃ可愛《かわい》いだろうし、男の子だったらどんなイケメンになるか……！　考えただけでもたまりません。生まれたらすぐ会いにいきますね!!　えへへへへ」

アカリは今から楽しみで仕方がないようで、顔がにやけている。

それはとても嬉《うれ》しいし、今後アカリに子どもが生まれたら、子ども同士も仲良くしてくれればいいなと思う。

そしてふと、アカリはシュナウスと交流を持つために来てくれたのだったと思い出す。

ティアラローズの妊娠の報告で、その話題がうっかりどこかにいってしまっていた。

——お父様は今、アクア様とお話をしているのよね。

どんな話をしているかは聞いていないが、間違《まちが》いなくお腹の子どものことに関する話だろう。二人の邪魔《じゃま》をするわけにはいかないので、今日は面会をあきらめてもらおう。

「アカリ様、お父様とアクア様は忙《いそが》しいので……しばらくお会いするのは難しいかもしれません」

「そうなんですか？　……まあ、二人ともお忙しいんでしょうけど」

せっかく来たのにと、アカリが頬《ほお》を膨《ふく》らませる。

「すみません。二人とも、赤ちゃんのために必死に調べものをしてくれているんです」

「え？」

「魔力が多すぎて、わたくしにかかる負担が大きすぎるんです。実は、苦しくて意識を保っているのが難しくなってしまうときもあって……」

「えええぇぇっ!?　そんなの、一大事じゃないですか!!」

最強の子ども最高！　なんて考えていた自分を殴《なぐ》ってやりたいと、アカリは拳《こぶし》を握《にぎ》り締《し》める。

「ゲームをプレイしてるときはよくわからなかったですけど、この世界に転移して、魔法《まほう》を使うようになったから……魔力の危険はよくわかります。まだ生まれてない赤ちゃんが魔力をコントロールするなんて……」

今の少ない魔力ならばいいかもしれないが、これからどんどん難しくなってくるはずだとアカリが言う。

「でも、アクア様が解決する方法を探してるんですよね？　よかった……」

もしこのまま魔力量が膨れ上がり爆発《ばくはつ》でもしてしまったら、母体のティアラローズがどうなってしまうかなんて考えたくもない。

「こうしちゃいられません！　私もティアラ様を救う会に突撃《とつげき》してきます！」

「アカリ様!?」

すくっとソファから立ち上がったアカリは、「大丈夫、任せてください!!」と部屋から出て行ってしまった。


応接室で、昨日に引き続きアクアスティードはシュナウスと魔力に関する話を進めていた。しかしそれと同時に、出産場所も問題になっている。

「貴族であれば里帰り出産をしても問題ありませんが、ティアラはもうマリンフォレストの王族。その点を考えると、マリンフォレストで環境《かんきょう》を整えてもらうのがいいですが――」

しかしシュナウスとしては、そうしてしまって危険はないかと心配で仕方がない。もし、マリンフォレストへの道中で魔力が膨れ上がってしまったら？

マリンフォレストにだって優秀《ゆうしゅう》な治癒《ちゆ》魔法の使い手はいるだろう。けれど、その人物が百パーセント、ティアラローズの容態を診《み》られるかどうかはわからない。

それならいっそ、ダレルもいる実家に残って出産を行ったほうがいいのではないかと考えた。

もちろん、アクアスティードもそれは一つの選択肢《せんたくし》として考えている。

けれど、そうするとアクアスティードだけがマリンフォレストへ戻《もど》り、ティアラローズとしばらくの間会えない日々が続いてしまう。

王妃《おうひ》が療養《りようよう》するからといって、国王のアクアスティードまでもが仕事を放り出してしまっては国が回らなくなってしまう。

——ティアラのことは、私の手で守りたい。

だからどうにかして、お腹の子どもの魔力を抑《おさ》える方法を見つけるのに躍起《やっき》になっている。しかし今のところ、いい方法は一つもない。

マリンフォレストにいる優秀な治癒魔法の使い手を集めてはいるが、それで解決出来るとも言《い》い難《がた》い。

アクアスティードは考えがまとまらないまま、シュナウスを見る。

「王族だからということを理由にし、ティアラに最善の選択をしないということはありません。ティアラにとって一番いい方法であれば、私がそれを押《お》し通《とお》しますから」

「さすが……心強いですな」

「ティアラの無事が一番で——」

すから、と続けようとしたところで、部屋の扉《とびら》が勢いよくバンっと開く。

何事だとアクアスティードとシュナウスがそちらを見ると、そこにいたのは仁王立《におうだ》ちしたアカリだった。

「……何をしているんだ、アカリ嬢《じょう》」

真っ先に我に返ったのはアクアスティードで、さすがにマナーが悪いのでは？　と冷たい視線を向ける。

しかし、そんなことに怯《ひる》むアカリではない。

「ティアラ様がピンチだっていうじゃないですか！　親友の私も作戦会議に入れてもらわないといけないと思って、走ってきたんです」

アカリはずんずん部屋に入ってきて、ぴたりと足を止める。

向かい合わせになっているソファそれぞれに、アクアスティードとシュナウスが座っている。さすがにどちらかの隣《となり》に座る……というのは駄目《だめ》だと思ったのだろう。部屋にある机に備え付けられた椅子《いす》を持ってきて、お誕生日ポジションに置いて席に着いた。

「さっ！　赤ちゃんの魔力をどうにかする作戦を考えましょう！」

時間はありませんから！　と、アカリがこちらを見た。

アクアスティードは問題ないが、シュナウスはまだアカリのことを快《こころよ》くは思っていない。ティアラローズのためとはいえ、受け入れるだろうか？

そんな心配が、アクアスティードの脳裏《のうり》をよぎる。

シュナウスは苦虫を噛《か》み潰《つぶ》したような顔をするも、アカリの言葉に頷《うなず》いた。

「本来であれば却下《きやっか》したいところですが、今一番大切なのは私の気持ちではなくティアラとお腹の子どもの未来ですからな」

「そうですよ、今はティアラ様のことが一番大事です！　お父様、絶対にティアラ様と赤ちゃんを助けましょうね！」

「あ、ああ……っ」

若干《じやっかん》アカリの気迫《きはく》に押されつつも、シュナウスがアカリに同意した。以前の問題よりも、今後のことが大事だからと。

──さすがはティアラの父親だ。

正直に言えば、アカリの力を借りられるのはとても大きいとアクアスティードは考えている。

彼女は『聖なる祈《いの》り』の使い手であるし、このゲームをプレイしていたという話もティアラローズから聞いている。

もしかしたら、何かいい方法を知っているかもしれない。

まずはこの数日の出来事を、アクアスティードが説明するところから始まった。

「なるほど、魔力のコントロール……。でも、まだ自我《じが》もないかもしれないのにそんなことが出来るんですか？」

「わからない。だが、コントロールしてもらわなければティアラが危険になるだけだ」

「それは……」

さすがのアカリでも、生まれてすらいない子どもに魔力のコントロールをさせる方法はわからないかと肩《かた》を落とす。

「うぅぅ～駄目、絶対にティアラ様も赤ちゃんも助けるの！　何か、何か方法があるはずなんだから!!」

乙女《おとめ》ゲームなんだからハッピーエンドにならなくちゃ！　そう言いたいが、ティアラローズは悪役令嬢。

「悪役令嬢だから死んでもいいなんて、そんなのヒロイン私《》が許さないんだから」

ティアラローズを助けることに燃え上がるアカリを見て、アクアスティードとシュナウスも絶対に助けなければと気合を入れ直す。

シュナウスは顎《あご》に手を当てながら、どうしたらいいか思いつく方法を上げていく。

「魔力をコントロールさせる、いっそ魔力が増えないような措置《そち》を行う？　しかしそんなことは前例がないから、難しいだろうな……」

「それであれば、いっそ魔力を吸い取ってしまえたらいいが……」

「――それです！」

アクアスティードが言った言葉に、アカリがぱっと顔を上げて「ナイスです！」と言う。

「魔力を吸い取るのがいいと、アカリ嬢はそう言うのか？」

「そうです。お父様が言うように、魔力を増やさない……というのも手ではあるかもしれませんけど、それじゃあ赤ちゃんの力の成長を阻《はば》むことになってしまって可哀相《かわいそう》です」

そう考えるならば、魔力を増やしつつも、それを吸い取ってしまえばいいのだとアカリはアクアスティードの意見に賛同する。

しかし、アクアスティードもシュナウスも、理屈《りくつ》では魔力を吸い取ってしまえばいいと思っているがその方法が全く分からない。

「アカリ嬢は、何かいい方法があるというのか？」

「はい！　魔力を吸い取る装備アイテムがあるので、それを作ればいいんです！」

「装備……」

「アイテム？」

シュナウスとアクアスティードが、それぞれ耳慣れない単語に言葉を続ける。

アカリは鼻息を荒《あら》くし、テンションを上げる。

「必要なのは、『攻撃《こうげき》の指輪』か『守りの指輪』です！」

「初めて聞く指輪の名前だな……」

アクアスティードがどういったものか説明を求めると、シュナウスも「ティアラも子どもも助かるのか!?」と食いついた。

「とはいえ、材料を集めるのが少し大変なんです。まあ、それでも私にかかればちょろいもんなんですけどね！　大船に乗った気でいてください！」

攻撃の指輪、守りの指輪、これは両方とも素材を集めて作ることが出来る装備品だ。序盤《じょばん》から中盤《ちゅうばん》にかけては役に立つが、最終局面では効果が小さかったため装備するプレイヤーはあまりいなかった。

名前の通り、攻撃の指輪は使用者の魔力を使い攻撃を。

守りの指輪は簡単な結界を張る。

指輪の力の発動に必要なものは、装備者の魔力だ。

「この指輪は、使うときだけ魔力を吸い取るわけではなくて、四六時中ずっと魔力を吸い取るんです。私からすれば微々《びび》たる量ですけど、ティアラ様と赤ちゃんの魔力だったら十分だと思いますよ！」

聖なる祈りを使うヒロインのアカリからしてみれば、大量にある魔力を装備でちょっと吸われてもなんら変化は起こらない。

しかしティアラローズは元々の魔力が少ないこともあり、普段《ふだん》の状態で四六時中付けているのは辛《つら》いとアカリは思っている。けれど、そこにお腹の子どもの魔力が加わっているのであれば話は別だ。

「暴走しそうな魔力を吸収するだけじゃなくて、ティアラ様のことも守ってくれるんですよ！　最高の指輪じゃないですか！」

アカリが守りの指輪を力説すると、「最高だ！」とシュナウスが拍手《はくしゅ》をする。

「すぐに作製を！　守りの指輪だけがあればいいのだな？」

自然と出たシュナウスの疑問に、アカリは「そんなわけないです！」と首を振《ふ》る。

「確かに一つだけあれば済みますけど、両方作ります。攻撃の指輪があれば、ティアラ様に危害を加えようとした相手をそのまま倒《たお》せるんですよ！　それでもいりませんか？」

「いや、それは必要だ！」

「ですよね!!」

ティアラを傷つけようとする相手を許せるような心優《やさ》しさは生憎《あいにく》と持っていない二人なので、珍《めずら》しく意見が一致《いっち》した。

「必要な材料があれば、すぐに私が手配しよう!!」

「落ち着いてください、お父様！　材料は売ってないので、自分たちで手に入れないといけないんです！」

「むっ！　そういえば、そう言っていたな……」

興奮でソファから身を乗り出していたシュナウスは咳払《せきばら》いをして、ソファへ座り直す。

アクアスティードは思案するようにアカリを見つつ、ティアラローズの体力はあとどれくらい保つだろうかと考える。

——ダレルの癒《いや》しの力があるから、そこまで切迫《せっぱく》しているわけではない。

だからといって、それがゆっくりしていてもいいという理由にはならないが。

ティアラローズの負担を考えるなら、可能な限り早く、出来ることなら今すぐ——その素材を手に入れるために動きたい。

「アカリ嬢、その素材の詳細《しょうさい》を頼《たの》む」

「はい、もちろんです！　夜にのみ現れる鳥——『夜の花鳥』。その鳥の翼《つばさ》から攻撃の指輪が、尾羽根《おばね》から守りの指輪を作ることが出来るんです」

「鳥の羽から？　初めて聞くな……」

「雑貨店で売ってるのは見たことないですからね～」

自分たちで作らなければ手に入れることの出来ないアイテムだとアカリは言う。

「夜の花鳥は、特殊《とくしゅ》な鳥です。翼は花びら、尾羽は葉で出来ている植物の鳥です。すごくレアで、そう簡単に遭遇《そうぐう》出来る鳥じゃないんですよ！」

だから根気よく毎晩森へ行く必要がある。

とはいえ、遭遇するだけであれば一晩で問題ないだろうとアカリは考えている。夜の花鳥を見つけてしまえば、あとはもうこちらのものだ。

プレイヤー時代で大変だったことは、夜の花鳥を倒したとしても、素材をドロップする確率が百パーセントではなかったからだ。

稀少《きしよう》価値が高く、ドロップ率は五パーセントだったろうか。それを考えると、見つけて倒せば勝利確定の現実世界は楽勝だ。

「なるほど、夜か……」

それであれば、出発の準備をして今から仮眠《かみん》をとればいいとアクアスティードは考える。

のんびりするつもりはないので、今夜から決行する気満々だ。

「私は今夜から夜の花鳥を探しに行きます。その間、ティアラのことをお願いします」

「ええ、もちろんです。ティアラのために、どうかよろしくお願いします」

アクアスティードの言葉にシュナウスが頷き、頭を下げる。

「それに、ダレルも……もしもまたティアラが苦しくなったらと心配して、日中に少し昼《ひる》寝《ね》の時間を取っているのです。ティアラはみんなに愛されて、幸せ者です」

頬を緩《ゆる》めて、シュナウスは「こちらのことは任せてください」と告げた。

◆

ティアラローズがソファでうとうとしていると、優しく髪《かみ》を撫《な》でられる感触《かんしよく》に気付く。

ああ、アクアスティードだ、そうすぐに思い意識を浮上《ふじょう》させる。

「……アクア様」

「ああごめん、起こしちゃったね。でも、休むならベッドへ行こうか」

ふわりと抱《だ》き上《あ》げられて、すぐ寝室《しんしつ》へ移動させられてしまった。

ベッドのふちに腰かけたアクアスティードは優しい笑《え》みを浮《う》かべていて、それにつられてティアラローズもへにゃりと微笑《ほほえ》む。

——もう日が沈《しず》んでいるのね。

窓の外は暗くなっていて、うたた寝《ね》のつもりだったのにがっつり寝てしまったようだと苦笑《くしょう》する。

そしてふと、アクアスティードの格好がいつもと違《ちが》うことに気付く。

「アクア様、どこかへ行かれるのですか？」

いつもより騎士《きし》に近い服装で、腰には愛剣《あいけん》も下げている。今から戦いに行きますと言わんばかりの姿に、戸惑《とまど》ってしまう。

アクアスティードは苦笑しつつ、「大丈夫だよ」とティアラローズの頭を撫でる。

「ティアラとお腹の子どもの魔力をどうにかする方法が見つかったんだ」

「え⁉　いったいどうやって……って、そうでした、アカリ様は」

自分も解決のため話し合いに加わるのだと、ティアラローズを置いて出ていってしまったことを思い出す。

もしかしたら、アカリが何かとんでもないことをしでかしたのでは⁉　と、そんな考えが脳裏をよぎる。

混乱しているティアラローズを見て、アクアスティードはくすりと笑う。

「そんなに心配する必要はないさ。アカリ嬢の提案ではあるが、今から夜の花鳥を探しに行ってくる」

「それって——あ、もしかして攻撃の指輪と守りの指輪ですか？」

「やっぱりティアラも知っているのか」

頷《うなず》くアクアスティードを見て、ティアラローズもなるほど確かにピッタリのアイテムだと納得《なっとく》するしかない。

「あれならわたくしの魔力を吸収するので、赤ちゃんから流れてくる魔力も一緒《いっしょ》に吸収されると思います。さすがアカリ様、よく気付きましたね……」

自分一人では気付かなかっただろうと、ティアラローズはため息をつく。

「素材を手に入れるのは大変かもしれませんが……」

「私を誰《だれ》だと思ってるの。すぐに手に入れて戻ってくるよ」

「……はい。ありがとうございます、アクア様。この子と二人で待っていますから。早く帰ってきてくださいね」

「もちろん」

アクアスティードの顔が近付いてくるのを見て、ティアラローズはゆっくり目を閉じる。

そのまま唇《くちびる》が触《ふ》れて、ちゅ、とリップ音が響《ひび》く。

その音がなんだか恥《は》ずかしくて、体にかけていたキルトケットで顔を半分隠《かく》す。

ティアラローズの反応が相変わらず可愛くて、これは急いで帰ってこなければと、アクアスティードはそう思ってくすりと笑った。


「さあ、ここからは私たちの時間ですよ！」

支度《したく》を終えたアカリが、馬にまたがり屋敷の玄関《げんかん》前でアクアスティードとエリオットを待っていた。

さすがに護衛もいない状態のアカリを森に同行させることは出来ないと、アクアスティードは首を振る。

「アカリ嬢はティアラと一緒に屋敷で待っていてくれ」

「嫌《いや》です。こんな楽しい……もとい、ティアラ様の一大事にじっとしているなんて出来ませんから！」

ふんと胸を張って答えるアカリに、ああ、これは何を言ってもついてくるとアクアスティードとエリオットはため息をつく。

「エリオット、すぐハルトナイツ王子に連絡《れんらく》を」

「かしこまりました」

ハルトナイツが一緒にいればいいだろうという、アクアスティードの判断だ。

アカリは「ハルトナイツ様も来るんですか!?」と嬉しそうに瞳《ひとみ》をキラキラさせている。

そんなアカリを見て、エリオットは大丈夫だろうか……と、少しだけ不安になるのだった。


しばらくして、馬に乗り息を切らせたハルトナイツがやってきた。

「はぁ、はぁ、はっ……すまない。アカリ、また勝手なことを……!!」

「全然勝手じゃないですよ！　これもティアラ様を助けるためですから！」

「ティアラを……？」

まったく事情を知らないハルトナイツに、アクアスティードが説明する。そしてこれから指輪の材料を手に入れるため森に行くのだ、と。

ハルトナイツは突然《とつぜん》のことに戸惑いながら、「大変じゃないか！」と叫《さけ》ぶ。

「いや、待て……この場合はおめでとうと先に言った方がいいのか？　いや、夜の花鳥の素材が必要ならそれよりも一刻も早く森へ向かった方がいい」

「……ありがとう。まだ公《おおやけ》にするつもりはないから、そのつもりで頼む。今回のことも、協力してもらえて助かる」

「ああ」

アクアスティードとハルトナイツの話が終わると、アカリが声高らかに「しゅっぱーつ！」と馬を走らせた。

ラピスラズリの首都の郊外《こうがい》にある森は、夜行性の危険動物がいるため夜になってから入る人は滅多《めった》にいない。

それもあり、夜の花鳥の存在を知る人はほとんどいないのだろう。

もう一つの理由として、実はこの鳥独特の特性がある。

夜に鳴く美しい声は人を惑《まど》わせ、自分たちの存在を認知《にんち》させない。つまり、もし出会ったとしても出会ったこと自体を忘れさせてしまうのだ。

ピュイリーという澄《す》んだ鳴き声を覚えている人間は、いったいどれくらいいるだろうか。

森の入り口に着くと、アクアスティードたちは馬の手綱《たづな》を木の枝にかけて森の中へ足を踏《ふ》み入《い》れた。

「ピュイー」

「アカリ、なんだ突然」

「ああ、これは夜の花鳥の鳴き声ですよ！　ピュイ、ピュイリーって鳴くんです。可愛いですよね～」

もしかしたら、鳴《な》き真似《まね》をすれば姿を見せてくれるかもしれないとアカリは考えたようで、楽しそうにピュイピュイ声をあげている。

「面白《おもしろ》い鳴き方をするんですね」

エリオットは感心しながら、森の中を見回す。地面を見て、すぐ木の上の方へ視線を向ける。しかし残念ながら、鳥は一羽《わ》も見当たらない。

これはなかなか大変そうだと、全員が気を引《ひ》き締《し》める。……のだが、アカリはのほほんとしている。

「私の経験則だと、奥《おく》の方が出るんですよ！　ということで、どんどん行きましょう～！」

魔法で明かりを用意して、アカリが先頭を切って歩き出す。それを慌《あわ》てて止めるのは、護衛も兼《か》ねているエリオットだ。

「私が一番前を歩きますから!!」

「大丈夫ですよ、私これでも強いですから！」

ぐっと拳を握ってみせるアカリに、「そういう問題ではありません！」とエリオットが声をあげる。

「アカリ、言うことを聞け。何かあってからでは遅《おそ》いんだぞ？」

「ちぇ～。はーい」

ハルトナイツの言葉にアカリが頷いて、四人は森の中を進み始めた。

「夜の花鳥は片手に載《の》るくらいの大きさで、とっても可愛いんですよ。翼の花の色はそれぞれ違うので、遭遇してからのお楽しみなんです」

オレンジ、ピンク、白、水色……と、アカリが花の色をいろいろあげていく。今日は何色の夜の花鳥に会えるかなと、今からうきうきだ。

アクアスティードは本当にそんな植物で構成された不思議な鳥が存在しているのかと考えるも、妖精《ようせい》や精霊《せいれい》がいるのだから植物の鳥がいてもおかしくないとは思う。

一時間ほど歩いたところで、先頭のエリオットが「あれは……」と足を止めた。全員で物音を立てないように前方を見ると、小さな川があり、そこで水を飲む鳥の姿。

夜の闇《やみ》に浮かぶ白の花びらで出来た羽に、まだ柔《やわ》らかな色合いの尾羽根。間違いなく、探していた夜の花鳥だ。

『ピュイ』

澄んだ声に、思わず耳を奪《うば》われてしまう。

ああ、こんなに美しい生き物に触れることは許されない——そんな考えに体を縛《しば》られる。これが、夜の花鳥が人に捕《つか》まえられない理由。

ふらりと引き返そうとするエリオットとハルトナイツに、アカリが「駄目ですよ～」と威力《いりよく》を抑えた雷《かみなり》魔法を容赦《ようしや》なく食らわせる。

瞬間《しゆんかん》二人がビビビビっと体を震《ふる》わせて、大きく目を見開いた。

「うぐ、う……痺《しび》れる……」

「いきなり、何をするんだ……アカリ……」

地面にうずくまって痺れに耐《た》えるエリオットとハルトナイツに、アカリはにこりと笑みを向ける。

「駄目ですよ、夜の花鳥に惑わされたら。私たちはティアラ様を助ける隊なんですから！」

「ハッ！　そういえば、確かに足が帰ろうとしていました……」

「まさかこんな自然に誘導《ゆうどう》されていたなんて……すまない。助かった、アカリ」

アカリがいなければ大変なことになっていたかもしれないと、二人が項垂《うなだ》れる。

「そうでしょうそうでしょう。もっと私を褒《ほ》めてもいいですよ！」

「こら、調子に乗り過ぎだアカリ」

ハルトナイツが諫《いさ》めるように言うと、アカリは舌を出して「てへぺろ」と笑う。

さて、気を取り直して行きましょう！　というところで、『ピュイリー』という澄んだ声がすぐ近くから聞こえてきた。

見ると、ちょうどアクアスティードたちの真上を夜の花鳥が飛んでいた。

「なんとも幻想的《げんそうてき》な光景だな……」

アクアスティードはそう言って、半分無意識のうちに左手を空へと伸《の》ばしていた。

するとどうだろうか――夜の花鳥が、アクアスティードの手に止まって『ピュイリー』

ともう一度うたうように鳴いた。

それに一番驚《おどろ》いたのは、アカリだ。

「嘘《うそ》、夜の花鳥が懐《なつ》くなんて信じられない！　でも、アクア様ならそれも出来るって思えちゃうからすごい……っ!!」

「ええと……これなら倒さなくても花びらと葉をもらえるんじゃないか？」

「あ、そうですね」

アクアスティードが自分の腕《うで》に止まった夜の花鳥を押さえて、花びらと葉の部分を撫でる。すると、とても簡単に花と葉が抜《ぬ》け落《お》ちた。

「驚いた、まったく力を入れてなかったのに」

「鳥の防衛本能でしょうか？　体の一部を切り捨ててでも、逃《に》げ切《き》る方が大切だと判断しているのかもしれません」

「そうかもしれないな」

エリオットはまじまじと夜の花鳥を見て、「いろいろ調べたいですね」と告げる。

「このまま連れ帰ってもいいですか？」

「それは……ハルトナイツ王子の管轄《かんかつ》だろう。さすがに私の一存で……というわけにはいかないからな」

「そうですね」

アクアスティードとエリオットがハルトナイツを見ると、しかしその背後の草木がガサガサっと大きな音を立てて揺《ゆ》れた。

「――っ!?」

「皆《みな》さん下がってください!!」

エリオットがとっさに全員を庇《かば》うように前へ出ると、木々の間から体長一メートルを超《こ》える夜の花鳥が飛び出してきた。

「親!?」

エリオットが声を荒らげると、後ろでアカリが悲鳴をあげる。

「嘘、ゲームには親なんていなかったのにー!?　めちゃくちゃ強そうじゃないですか!!」

まさかこんなことになるなんてと、アクアスティードは脳内でどうするのがいいか計算していく。

そもそも、先ほどの夜の花鳥が雛《ひな》だという認識《にんしき》がなかった。成鳥といっても差《さ》し障《さわ》りのない外見だが、普通《ふつう》の鳥ではないのだから不思議はない。

「見逃《みのが》してもらうのは……難しそうだな」

雛鳥が自分に懐いたので、もしかしたらという希望を抱《いだ》いたが、そう上手《うま》くはいかないらしい。

それどころか、こちらに対してひどく警戒《けいかい》している。

——当たり前か。

自分にもティアラローズとの子どもが生まれていたとしたら、きっとこの親鳥と同じような反応をするだろうと思う。

「私が前に出ますから、アクアスティード様たちは後ろへ！　可能であれば、このまま森の外へ出てください！」

エリオットが剣を構えて叫び、アクアスティード、アカリ、ハルトナイツを庇う形で前へ一歩踏み出す。

それにアカリが反論する。

「一人で立ち向かうなんて、そんなの危険です！　ここは協力して、親を倒すというか、逃《に》げ帰《かえ》ってもらった方がいいです！」

「いやいやいや、さすがにアカリ様たちを危険に晒《さら》すわけにはいきません！」

エリオットが断固として拒否《きよひ》すると、ハルトナイツも「そうだぞ！」とアカリの腕を摑《つか》んだ。

「怪我《けが》でもしたらどうする！　お前はすぐに逃げろ！」

「ハルトナイツ様……私の心配をしてくれるなんて、優しい……」

「アカリ……」

こんな状況《じょうきょう》でもときめきを忘れないアカリに、ハルトナイツはため息をつく。

「でも大丈夫ですよ、ハルトナイツ様！　私、こう見えて結構強いんですから！」

「そういう問題ではないだろう!?」

「えー？　でも、アクア様の次くらいには強いと思いますよ？　剣は使えないので、魔法だけですけど……」

そう言ったアカリは自分の両手から、バチバチっと音をさせて雷を出して見せる。先ほどの弱々しいものではなく、威力の高いものだ。

確かにそれを相手に向けたら、ただでは済まないだろう。

ハルトナイツが青い顔をしているが、アクアスティードは見なかったことにする。自由奔放《ほんぽう》なアカリに、先に帰れと言ってもおそらく無駄《むだ》。

「アクア様、私も戦っていいですよね？　エリオット一人であの親鳥に立ち向かうなんて、大変じゃないですか！」

「わかった。ただし、前に出るのは駄目だ。アカリ嬢は魔法を使うのだから、前衛は私たちに任せてくれ。ハルトナイツ王子は、アカリ嬢の側《そば》に。何かあった際、対応してくれ」

このままここでどうこう言っていても親鳥は待ってくれない。ならば、全員で相手をするのが一番いいという判断だ。

アクアスティードは剣を構え、親鳥を見る。

――出来ることなら、戦いは回避《かいひ》したい。

『ピュイッ』

アクアスティードの腕に止まっていた夜の花鳥が鳴き、親を見る。けれど『ピュイー』と低い声で鳴いただけで、こちらへ向ける威圧《いあつ》に変化はない。

親鳥は大きく翼を広げて、もう一度鳴いてアクアスティードたちへ向けて花の羽を飛ばしてくる。

アクアスティードはそれを剣で叩《たた》き落《お》とし、威嚇《いかく》するため親鳥へ魔法を放つが――羽ばたいた突風《とっぷう》で押し返されてしまう。

「アクアスティード様、下がってください！」

今度はエリオットが剣を振り上げ、親鳥へ一撃《いちげき》を加える。アクアスティードの後ろから隙《すき》をついたので、綺麗《きれい》に決まった。

低い声で鳴いた親鳥が空へ大きく飛び上がり、こちらへ急降下してくる。どうやら足から着地して、押し潰す攻撃をしようとしているらしい。

すると、アクアスティードの後ろから、「ふっふー！」とアカリが笑いをもらす。

「今度は私の見せ場ですね！　夜の花鳥なんて、親はないですけど……ゲームで何回だって倒してるんですから。雷で一撃で——危ないっ!!」

『ピュイリー』

アカリが雷魔法を放った瞬間、助けようとしたのか、子どもの夜の花鳥がアカリと親鳥の間に割って入った。

このままでは雷が夜の花鳥に当たってしまうと考えて、どうにか踏ん張り魔法の軌道《きどう》を意地で修正する。親鳥ならまだしも、雛であれば一撃即死《そくし》の威力だ。

「……くぅっ、方向転換《てんかん》!!」

「アカリ！」

力の制御《せいぎょ》の反動で倒れそうになったアカリをハルトナイツが後ろから支え、無事でよかったとほっと息をつく。

アカリが逸《そ》らした雷の魔法は大きな木を数本なぎ倒《たお》しており、もし親鳥を直撃《ちょくげき》していたらどうなっていただろうとアクアスティードたちはぞっとする。

「……アカリ嬢は手加減という言葉を知らないのか？」

「ま、まあ、親鳥は今の衝撃《しょうげき》で逃げ帰ったみたいですから……よしとしましょう」

「雛鳥もいなくなっているな」

夜の雛鳥がいなくなり、なぎ倒された数本の木だけが残った。

「はー！　びっくりした！　でも、誰にも怪我がなくて、夜の花鳥も逃げ帰ってくれてよかったですね。素材もゲット出来ましたし、私たちはさっそく指輪を作りましょう」

今しがたの大騒動《おおそうどう》なんてなかったかのような明るさのアカリに、アクアスティードたちはどっと疲れが増した気がした——。


アクアスティードたちの活躍《かつやく》により、赤ちゃんの魔力問題を解決する二つの指輪作りが始まった。

作製はラピスラズリの王城で、アカリとハルトナイツが同席して行う。

発案者がアカリということと、材料がラピスラズリに生息する貴重な鳥から採取できるからだ。


ティアラローズはアクアスティードと一緒に、フィリーネ、エリオットを連れて登城した。用意されたのはゲストルームで、素材や必要な材料がすでに一式揃《そろ》えられている。

「ティアラローズ様、体調は問題ありませんか？」

フィリーネが全員にハーブティーを用意し、ティアラローズの体調を気遣《きづか》う。

ダレルに治癒魔法をかけてもらって落ち着いてはいるが、お腹の子どもの魔力は日々増していっているので、苦しさを完全に拭《ぬぐ》うことは出来なくなっていた。

ティアラローズはフィリーネを安心させるように微笑み、大丈夫だと頷く。

「わたくしは指輪作りの見学だけだから、無理はしないもの。本当は一緒に作りたかったのだけれど、アクア様に許していただけなくて……」

「ティアラ、お願いだから大人しくしていて」

「当たり前ですティアラローズ様!!」

本当は一緒に指輪を作りたいと言ったティアラローズに、アクアスティードとフィリーネの心配する声が重なる。

いったいどうして自分で作れると思ったのかと、全員がため息をつきたくなるほどだ。

けれどそんな中で一人、アカリだけがうんうんと頷いている。

「わかります、わかりますよティアラ様！　ゲームアイテムを作ってみたくなる気持ち！　でも、今のティアラ様だと何があるかわからないので……大人しく見ていてくださいね？」

もしかしてアカリがティアラローズに一緒に作ろうと言うのではとハラハラしたが、さすがにそれはなかったようだ。

ティアラローズは苦笑しつつも、素直《すなお》に「はい」と返事をした。

「それじゃあ、さっそく指輪を作りましょう！」

「いつも思うが、アカリはいろいろなことを知っているな……」

夜の花鳥の素材を手にしたアカリを、ハルトナイツが感心したように見る。貴重な材料を使った指輪の作り方なんて、古い文献《ぶんけん》を見たとしても載っていないだろう。

アカリは得意げに笑みを見せて、「この世界を愛してますから」とだけ口にした。

「ティアラ様に贈《おく》る指輪ですから、作業はアクア様にお願いしますね」

「わかった。ご教授願う、アカリ嬢」

「はい！　任せてください！」

乙女ゲーム『ラピスラズリの指輪』では、アイテムを作ることが出来る。

必要なのは材料と魔力の二つ。

こう聞くと簡単に思えるかもしれないが、材料のドロップ率は低く、必要魔力も多いためほいほいアイテムを作ることは出来ない。

なので、ゲーム初期でヒロインの魔力が少ないときはアイテムがあると助かるがなかなか作ることが出来なかったりする。

「指輪の土台は用意したので、これを使ってくださいね」

「土台は既存《きそん》のものでいいのか」

「そうです。この材料を魔力で加工すると宝石みたいになって、それが効果を発揮するんですよ」

「なるほど……」

アカリが得意げに説明していくが、もしここで指輪でなければならない理由を問われたら……ゲームコンセプトなのでという曖昧《あいまい》な回答しか出来ないだろう。

ティアラローズは作業を進めていく様子をフィリーネと見ながら、くすりと笑う。

「アクア様が作ってくださるなんて、赤ちゃんの魔力を吸収するためですが……嬉しい」

「ティアラローズ様はあまり物をねだったりしませんものね。普通、姫君《ひめぎみ》はもっとおねだりをすると思いますが……そんなところもティアラローズ様の可愛いところですから」

だからティアラローズに何か頼まれたりしたときは全力で応えるのだと、フィリーネが満面の笑みを見せる。

それはアクアスティードも同様で、隙あらばティアラローズを甘《あま》やかそうとしたり、ほしがっていそうなものを贈ったりする。

その最たる例が、気付いたら豪華《ごうか》に使いやすくなっていくティアラローズ専用のキッチンかもしれない。

アクアスティードが指輪の土台を手に取って、そこに夜の花鳥の尾羽である葉を載せる。

まず作るのは、『守りの指輪』だ。そして次に、『攻撃の指輪』を作る。

「ティアラの守りはいくつあっても足りないからね」

「アクア様……」

自分に向けられた言葉に赤面してしまう。

「わたくしはパール様から守りをいただいているので、不意打ちを受けても怪我一つしませんよ？　むしろ、守りの指輪はアクア様に持っていてほしいくらいです」

「駄目だよ。今はお腹の子どもだっているんだから、まだ足りないくらいだ」

「これだけあってもまだ……」

――さすがに過保護すぎです、アクア様！

そしてふと、にやにやした顔のアカリに見られていることに気付く。

今のやり取りを思い返して、ティアラローズの顔は一瞬《いっしゅん》で火が噴《ふ》き出したのではと思うほどに赤くなる。

――ああ恥ずかしい！

しかし嬉しいとも思ってしまっているし、アクアスティードの気遣いもあるので、強く止めてくれとも言えない。

両手で顔を隠し、ティアラローズはソファで縮こまることしか出来ない。

「甘い話はティアラ様からはおいおい聞くとして……今は指輪です！　アクア様、土台に葉を載せたら魔力を流して、『アイテム作製』と唱えてください」

「そんな呪文《じゅもん》があるのか……」

アクアスティードは半信半疑になりつつも、失敗して材料を無駄に出来ないので素直に頷く。

ゆっくり空のように澄んだ魔力を流しながら、指輪を見つめる。

「──【アイテム作製】」

アクアスティードの言葉に呼応するかのように、材料がピカっと強い光を発した。そして次の瞬間には、指輪の台座と葉の部分が一つになり、新緑の葉で装飾《そうしょく》された美しい指輪が出来上がっていた。

「これが守りの指輪──か」

「はい！　上手く出来てよかったです。はめると魔力を吸われちゃうんですけど、どうですか？」

アカリの言葉を聞いて、アクアスティードは指輪を自分の指にはめた。

「……確かに、魔力が吸われていくな。量はそんなに多くないが、お腹の子どもの発する魔力に対応するなら十分だろう」

「これでティアラ様も赤ちゃんも無事ですね！　ふふ、早く付けてあげてください」

「もちろん」

アクアスティードが指輪を外し、ソファに座るティアラローズの下へ行く。そのまま片《かた》膝《ひざ》をついて、優しく微笑む。

「アクア様……」

「よかった。これでティアラと子どもを守ることが出来そうだ」

「ありがとうございます」

宝石を扱《あつか》うようにティアラローズの右手を取り、アクアスティードは守りの指輪を小指にはめようとして――その瞬間、ティアラローズが苦しそうな声で呻《うめ》いた。

「んぅっ！」

「ティアラ!?」

「ティアラローズ様!?」

アクアスティードが声をあげ、フィリーネとエリオットが心配してすぐ近くまでやってくる。

――落ち着いているとばかり思っていたのに、まさかこのタイミングで魔力が一気に膨れ上がるなんて。

体中が熱くなり、腹部が熱い。まるで焼かれているのではと錯覚《さっかく》してしまうほどで、大きく息を吸う。

「はっ、はぁ……っだめ、みんな離《はな》れて――！」

そこでぷつりと何かが弾《はじ》けるように、ティアラローズの意識が途切《とぎ》れた。

ティアラローズが叫ぶような声をあげたのと同時に、室内の温度が一気に上がった。そして全員の視線が、ティアラローズの目の前に現れた炎の渦《うず》へそそがれた。

ティアラローズ本人はといえば、膨れ上がった魔力を受けて気を失ってしまったようだ。

「これは……」

炎の渦への対応を悩《なや》んだ一瞬の隙に、それは揺らいだ。

そしてすぐ、アクアスティードの体にガッと衝撃が走る。すぐ横にいたエリオットが、動いた炎から守るためにアクアスティードを突《つ》き飛《と》ばしたのだ。

そしてエリオットは、間髪《かんはつ》を入れずティアラローズを守るための行動に移る。炎の渦とティアラローズの間に割って入り、その熱がティアラローズに伝わらないよう庇った。

「ぐ……っ、あああぁぁっ！」

膨れ上がった魔力の暴走によって生み出された炎の渦が、ティアラローズとアクアスティードを庇ったエリオットを直撃した。

その業火《ごうか》はとてつもない熱さで、目《ま》の当《あ》たりしたアクアスティードは言葉を失う。

「エリオット、いやあああぁぁっ！　いや、エリオット!!」

フィリーネが悲鳴を上げて、何度も彼《かれ》の名前を呼ぶ。そんなフィリーネを押しのけて、アカリが魔法を使う。

「どいて！　水よ、エリオットの炎を打ち消しなさい!!」

「あ、エリオット……あぁぁっ」

泣《な》き崩《くず》れるフィリーネを横目に、アカリはアクアスティードに向かって叫ぶ。

「ティアラ様に指輪を！　早く!!」

「わかっている！」

アクアスティードは熱を持ったティアラローズの体に触れようとしていたのだが、今度は彼女自身から発せられた炎が襲《おそ》いかかってきていた。

それはまるで結界で、触れるなと言っているかのようだ。しかしこのまま放置していたら、ティアラローズが死んでしまう。

――これくらいの熱は、ティアラの負担に比べたら軽いものだ！

「ティアラ、もう大丈夫だ……」

アクアスティードがティアラローズの手を取り、その体を自分へ引き寄せる。自分がその炎で焼かれることなんて、厭《いと》わない。

すぐに右手を取り、その小指に守りの指輪をはめる。

すると、淡《あわ》い光が発せられ、指輪がティアラローズの小指のサイズに変化した。炎の魔力を吸い取り、ティアラローズの体から熱が消えていく。

ティアラローズ自身の意識は戻っていないが呼吸は正常で、命に別状はなさそうだ。それを確認《かくにん》して、アクアスティードは安堵《あんど》の息をつく。

「はぁ、はっ……よかった……」

けれど安心するのはまだ早い。

自分を庇ったエリオットはすぐ医師に診せなければ危険な状態のはずだ。錯乱《さくらん》したようなフィリーネの声が聞こえたので、かなり状況はよくないと判断する。

「エリオットは――」

「私ならもう大丈夫です、アクアスティード様」

普通に返事をしてきたエリオットに、アクアスティードはぎょっとする。

「――っ!?　怪我は、問題ないのか……?」

見ると、エリオットは服こそ燃えてところどころ肌《はだ》が露出《ろしゅつ》していたが、火傷《やけど》や怪我のあとなど一つもない。

すぐに結論を導き出す。

――アカリ嬢の治癒魔法か。

すぐに、アカリがアクアの下へやってきた。

「アクア様も火傷をしてるので、治しますね。じゃないと、ティアラ様が気にしちゃいますから」

「ありがとう、アカリ嬢。心から感謝する」

「当然です。エリオットも、アクア様も、ティアラ様も、みんな大切ですから。私に出来ることなら、なんだって協力しちゃいますよ！」

そう言ってアカリは、アクアスティードの火傷に治癒魔法をかけて綺麗に治してくれた。

「さ、男子はお風呂《ふろ》に入って着替《きか》えて、私たちはティアラ様を看病しましょう。フィリーネ、手伝ってくれる？」

「はい。ありがとうございます、アカリ様……」

フィリーネは涙《なみだ》を拭い、アカリの言葉に頷く。エリオットが死んでしまうのではないかと思い、涙が止まらなかったのだ。

けれど今はもう、エリオット本人がすっかり元気になっていて……正直涙の行き場を失った。

アカリはエリオットをまじまじと見て、いい笑顔《えがお》を見せる。

「エリオットって普段は目立たないけど、いい体してますね！」

ぐっと親指を立てて突然そんなことを言うアカリに、フィリーネの「何を言っているのですか～！」という叫び声が王城内にこだましたのだった。

ティアラローズを先ほどとは別のゲストルームへ運び、アカリとフィリーネは一息つく。

今はもう、ティアラローズは穏《おだ》やかな寝息《ねいき》を立てているのでひと安心だ。

手をつけていなかった攻撃の指輪も、アカリがちゃちゃっと作ってティアラローズの指にはめてある。守りの指輪と重ね、ダブルリングだ。

「みんなに何事もなくてよかったー！　魔力も指輪が順調に吸い取ってくれてるし、あとは無事に赤ちゃんが生まれてくるのを待つだけね～」

アカリは鼻歌をうたいながら、椅子に座ってティアラローズの寝顔《ねがお》を見ている。

「男の子かな、女の子かな、ああ楽しみすぎる～～！」

一人でどんどんテンションを上げていくアカリは、顔がにやにやするのを止められない。


そんな彼女を横目で見つつ、フィリーネはベルを鳴らして王城のメイドを呼ぶ。

ティアラローズの身の回りの世話に必要なものは準備してあるが、アカリに飲み物を用意しないわけにもいかない。

アカリはティアラローズがハルトナイツと婚約《こんやく》していたときから、ハルトナイツと恋人《こいびと》のような振舞《ふるま》いをしていた。

フィリーネはそれがずっと許せなかったし、その後でティアラローズに酷《ひど》いことをしたり、怪我を負わせたりしたことも一生許さないと思っていた。

けれど今日、アカリはすぐにエリオットのことを助けてくれた。

きっと、もしあの場で怪我を負ったのがフィリーネだったとしても同じように治癒魔法を使ってくれただろう。

——わたくしは、こんなにもアカリ様を嫌《きら》いだと思っているのに。

ティアラローズからは、アカリと仲良くするようになど、そういったことは言われていない。きっと自分の気持ちを察してくれているから、何も言いはしないのだろう。

フィリーネは、ティアラローズのことが大好きだから。

——でも、わたくしもアカリ様のことやハルトナイツ殿下《でんか》のことを受け入れなければならないのかもしれない。

表面上は敵意を見せていないとはいえ、ティアラローズと一緒にいるところに同席するのも居心地《いごこち》のいいものではない。

すぐにすべてを許し受け入れることは出来ないかもしれないけれど、少しずつ、距離《きょり》を縮めていくべきなのかもしれないと思う。

——感情とは、難しいものですね。

ドアが開き、メイドがティーセットのワゴンを持って入室したのを見て、アカリがぱっと顔を輝《かがや》かせる。

「わーい、紅茶とお菓子《かし》だ～」

「……すぐにご用意いたしますね」

「ありがとう、フィリーネ！」

アカリがベッドサイドの椅子からソファへ移ったのを見て、紅茶を入れてマドレーヌを出す。

お腹が空いていたようで、すぐにアカリの手が伸びた。そのままぱくりと食べて、満足そうに微笑んでいる。

「美味《おい》しい〜！　ティアラ様も起きたら食べたいだろうし、残しておいてあげようっと」

「あの……アカリ様」

「ん？　なあに、フィリーネ」

フィリーネから呼びかけられることはとても珍しくて、アカリは声が弾《はず》む。しかしすぐ、フィリーネが深く腰を折ったことにぎょっとして目を見開く。

「ちょ、どうしちゃったの？」

「……エリオットを助けていただいて、ありがとうございます」

「ああっ！　うぅん、お礼なんていいの。大好きな人を助けるなんて、当たり前だもん！」

「──っ！」

いったい何を言われるのかと身構えてしまったアカリだったが、単なるお礼ということにほっと胸を撫でおろす。

エリオットもこのゲームの主要キャラで、アカリが大好きな人の一人だ。というか、アカリとしてはこの世界に住むすべての人を助けたいと考えている。

それにアカリは、こうしてフィリーネと会話が出来たことが嬉しい。普段はほとんど会話したことがなかったから。

なので、アカリは浮かれてフィリーネが俯《うつむ》いて辛そうな表情をしていることに気付かなくて――

「アカリ様、そんな誤解を招く言い方は駄目ですよ」

「あ、ティアラ様！」

アカリたちの話し声が耳に届き目を覚ましたティアラローズは、いったい何の話をしているんだ!?と、目を見開いた。

ティアラローズは起き上がってアカリたちの方へ行くと、ゆっくりフィリーネの手を取って、「大丈夫よ」と微笑んだ。

「ティアラローズ様……わたくしはいいのです、目が覚めて安心いたしました。ご気分がすぐれないなどはございませんか？」

「フィリーネったら、わたくしのことばかりね。ありがとう、わたくしは大丈夫よ」

そしてティアラローズはアカリを見て、もう一度フィリーネを見る。

「それから……ごめんなさい、エリオットを危険な目に遭《あ》わせてしまって……」

「いいえ、ティアラローズ様。わたくしたちはティアラローズ様とアクアスティード陛下《へいか》の側近ですから、ティアラローズ様がご無事なこと以上に嬉しいことはないのです」

申し訳なさそうなティアラローズの言葉に、フィリーネはゆっくり首を振った。どうか謝罪するのではなく、勇敢《ゆうかん》なエリオットを褒めてやってくださいと。

その思いに、ティアラローズは胸《むね》の奥《おく》が熱くなるのを感じる。

――忠誠を誓《ちか》った相手に対して、確かに安易な言葉だったかもしれない。

「ありがとう、フィリーネ。エリオットはとても勇敢で、この上なく頼《たよ》りになる方ね。でも、フィリーネには心配をかけてしまったと思うから……」

「いいえ。今のお言葉だけで、わたくしもエリオットも十分ですから」

そう言って微笑んだフィリーネは、とても強い瞳をしている。つい先ほどまで、アカリの言葉で不安に揺れていたとは思えないほど。

でも、そのことを放っておけずにベッドから出たのだからフォローしなければとティアラローズは口を開く。

「……アカリ様はこの世界の人全員が大好きなので、エリオットのことを特別好きというわけではないの」

「あ……はい」

「え？　え？　もしかして私ってば余計なこと言っちゃいました……よね!?」

ティアラローズの言葉ですべてを察したらしいアカリが、ソファからがばっと立ち上がって慌ててフィリーネの前に行き、その両手をティアラローズから奪い取りぎゅっと握りしめた。

思わずフィリーネの体がびくっと震える。

「ごめんなさい、フィリーネ！　私ったらエリオットへの好意を口にしちゃって……大丈夫、私が一番大好きなのはハルトナイツ様だから!!　っていうかフィリーネ、もういい年齢《ねんれい》だもんね!?　そろそろエリオットと結婚《けっこん》……そうよ結婚！　盛大《せいだい》にお祝いしないと!!」

突然のマシンガントークに、フィリーネが引き気味になる。しかし残念ながら、これがアカリの通常運転だ。

「へ……っ!?」

「落ち着いてください、アカリ様……」

「ティアラ様の妊娠に、エリオットとフィリーネの結婚、嬉しいことだらけね！」

ふふふんと笑うアカリに、ティアラローズは「そう簡単ではないの」と告げる。

「え？」

「エリオットは貴族ではありませんから」

「ああ、そういう……」

なるほど～と、アカリが腕を組んで悩んでしまう。

「エリオットはそれでいいかもしれないですけど、フィリーネは女の子なんですよ？　時間だって、無限じゃないんですから……あ、でもそれなら近いうちに結婚出来そうですね」

「アカリ様？」

一人で何かを納得した様子のアカリに、ティアラローズとフィリーネは首を傾げる。

「だって、貴族位ならすぐ手に入れられると思って」

「え？　――あ、そうか。確かに……」

「ま、待ってくださいティアラローズ様、アカリ様、どういうことですか？」

ティアラローズとアカリが理解しているのに、自分だけわかっていないことにフィリーネが焦《あせ》る。

エリオットのことを考えてあわあわしている様子が、恋《こい》をしている女の子そのもので実に可愛らしい。

ティアラローズとアカリは顔を見合わせて、くすりと笑う。

「フィリーネが心配することは何もないから、大丈夫よ」

「そうです。女は王子様が迎《むか》えに来てくれるのをどーんと待ってればいいんですよ！」

楽しそうなティアラローズとアカリを見て、きっといい方向に何かが動いているんだとわかったフィリーネだが……逆に落ち着かなくなってしまった。


王城で休んだ後、ティアラローズは屋敷へと戻った。

魔力が暴走して倒れたことは心配されたが、すでに指輪を完成させてはめているから問題はないと家族に説明する。

「ティアラお姉様、ご無事でよかったです……」

「ダレル、心配をかけてしまってごめんなさいね。わたくしと赤ちゃんは元気よ」

「はい」

ダレルが嬉しそうに微笑んでくれたので、ティアラローズは優しく頭を撫でる。

「あ、でもちゃんとお休みした方がいいですよ」

「ええ。ゆっくり部屋で休むわね」

部屋に行くようにと、ダレルに急《せ》かされてしまう。

しかも、後ろにいた両親にも全力で頷かれ、アクアスティードにいたってはエスコートするために手を差し伸べてきた。

——わたくし、すごく甘やかされてる。

もちろん嬉しいのだけれど、こんなに幸せでいいのだろうかと思う。

マリンフォレストの王妃なのだから、もうすこし毅然《きぜん》としたいところもあるが……妊娠が発覚した今ではそれも難しい。

だって、アクアスティードもシュナウスも、ティアラローズを甘やかしたくて仕方ないのだから。

「それじゃあ、部屋で休みますね。おやすみなさい、お父様、お母様、ダレル」

「ああ、ゆっくりしなさい」

「おやすみなさい、ティアラ」

のんびり出来るように、ティアラローズは入浴などを済ませてしまう。食事は王城で食べてきたので、もうこのまま寝てしまってもいい。

「とはいえ、昼間に寝てしまったから……」

そんなに眠《ねむ》くはない。

部屋で読書をしたり、ごろごろしてみるのもいいかもしれない。そんなことを考えながら部屋に戻ると、アクアスティードの姿がなかった。

「あら……？」

いったいどこに行ったのだろうと、ティアラローズは首を傾げる。アクアスティードがこの屋敷で行く場所は、そう多くない。

食堂や図書室などは自由に出入りしているが、特に今は行く用事もないはずだ。

「アクア様に相談して、エリオットの時間をもらおうと思ったのだけど……」

自分の魔力が暴走したとき、咄嗟《とっさ》にエリオットが助けに入ってくれたことは覚えている。けれど、ティアラローズはそのまま気絶してしまったので、その後エリオットに会っていないのだ。

王城でアクアスティードに確認したときは、用事があるから席を外している……ということだったけれど。

「あ、もしかしたらアクア様はエリオットと一緒にいるのかもしれないわね」

となると、エリオットの部屋か、ほかのゲストルームにいるかもしれない。ティアラローズはベルを鳴らして、フィリーネを呼ぶ。

すぐにドアがノックされて、「どうしましたか？」とフィリーネが顔を出した。

「少し屋敷の中を歩きたいから、何か上着を用意してもらってもいいかしら」

「それは構いませんが……お体は大丈夫《じょうぶ》ですか？」

「ええ。赤ちゃんから出ている余剰《よじょう》分の魔力は指輪が吸い取ってくれているから、とても調子がいいの」

「……わかりました。ですが、あまりご無理はなさらないでくださいね？」

そう言って、フィリーネは丈《たけ》がひざ下まであるロングの室内着を用意してくれた。髪の毛はゆるく一つにまとめ、横に流す。

フィリーネは「可愛いです」と満足げに微笑み、ドアを開ける。

「どちらへ行かれるんですか？」

「アクア様がいらっしゃらないから、もしかしたらエリオットのところかもしれないと思って。わたくし、エリオットに助けてもらったのにまだ顔を合わせていなくて……」

「ああ、そういうことでしたか。でしたら、ゲストルームでアクアスティード陛下とお話すると言っていましたよ」

フィリーネがアクアスティードたちの居場所を知っていたので、連れて行ってもらうことにした。


アクアスティードとエリオットが使用しているゲストルームに到着《とうちゃく》した。

フィリーネがノックしようとすると中から「私がですか⁉」とエリオットの驚いた声が聞こえてきた。

もしかしたらタイミングが悪かったかもしれないと、フィリーネは後ろにいるティアラローズを見る。

「エリオットがあんなに大きな声を出すなんて、珍しいわね」

「そういえばそうですね……。いったい何の話をしているのでしょう？」

二人で首を傾げ、時間をおいてまた来ようかと考えていると――今度はアクアスティードの声が聞こえてきた。

「ああ。私を庇って助け、ティアラと、そのお腹の子ども――マリンフォレストの王位継《けい》承《しょう》権第一位となる子の命を守ったんだ。エリオットに貴族位が与《あた》えられることは、なんら不思議じゃない」

その言葉に、フィリーネがひゅっと息を呑《の》んだ。

まさかこんなタイミングで、エリオットが貴族位を得ることを知るなんて思ってもみなかったからだ。

というか、自分が知ってしまってよかったのだろうかと頭を悩ませる。

そんな可愛く混乱するフィリーネに、ティアラローズはくすくす笑う。

――アクア様、わざと聞かせてくれたみたい。

本来のアクアスティードの声は、あそこまで大きくない。

おそらく、ティアラローズとフィリーネがドアの外にいることを知ってあえて伝わるように声を張ってくれたのだろう。

貴族位を受け取ることに関して、本来であれば叙爵《じよしやく》まで他人に知らせることは出来ない。エリオットも、こうしてアクアスティードから話は聞いたが、フィリーネに伝えていい許可は下りないはずだ。

だから、アクアスティードはフィリーネが安心出来るようにこういう方法で伝えてくれたのだろう。

後のフォローは、ティアラローズの役目だ。他言無用だと伝えようとフィリーネを見ると、そのぱっちりと大きな瞳から大粒《おおつぶ》の涙が零《こぼ》れ落《お》ちていた。

「あ……申し訳ございません、ティアラローズ様……わたくし、その、なんと言っていいのか……」

ぼろぼろと涙が零《こぼ》れて止まらないフィリーネを、ティアラローズはぎゅっと抱きしめる。

「おめでとう、フィリーネ」

「あ、ありがとうございます……」

王城でのことを思い出したフィリーネは、確かにエリオットの功績を考えたら爵位《しやくい》を賜《たまわ》ってもおかしくなかったと納得する。

あのときはエリオットの怪我ばかりが気になり、きちんと周囲の状況把握《はあく》を出来ていなかった。

「あ！　ティアラローズ様とアカリ様が昼間言っていたことって、このことですか？」

「ええ。アクア様とこの子を守ってくれたのだもの。エリオットはきっと爵位を賜ると思ったのよ」

ティアラローズがお腹を撫でてそう言うと、フィリーネは「嬉しいです」とまた泣く。

「でも、まだ誰にも言っては駄目よ。エリオットが正式に賜るまでは、外に漏《も》らさないように気を付けてね」

ティアラローズの言葉に、フィリーネが力いっぱい頷いてくれる。

「はい、はい……！　もちろんですっ」

「とりあえず、今は部屋に戻りましょう？」

「……はい」

涙が止まらないフィリーネの手を取り、ティアラローズは幸せな気持ちで部屋へと戻るのだった。

夜遅《よるおそ》く、小さく音を立ててアクアスティードが部屋へ戻って来た。今日はいろいろあったため、エリオットやシュナウスと話すことが多かったのだろう。

お腹の子どもの魔力が暴走してしまったこともだが、エリオットの件などすぐに報告に

まとめたい事柄《ことがら》も多かった。

ティアラローズはベッドから顔を出して、「おかえりなさい」とアクアスティードに声をかけた。

「ただいま。……ごめん、起こしてしまった？」

「いいえ。日中にたくさん寝てしまったので、目が冴《さ》えてしまったんです」

──それに、アクア様を待っていたかったから。

「アクア様、今日は本当にありがとうございました。おかげで、この子もわたくしも無事です」

アクアスティードはベッドへ行くと、ティアラローズの隣へ入る。そのまま優しく抱きしめて、キスをする。

「二人を守ることが出来てよかった。とはいえ、今回はエリオットの活躍が大きかったけどね……私がもっとしっかり──」

「アクア様」

己《おのれ》を悔《く》いるようなアクアスティードに、ティアラローズは「駄目ですよ」と口を尖《とが》らせてみせる。

「わたくしはアクア様に感謝しているんですから。もちろん、エリオットにも」

だからそんなことは言わないでください、と。

「それに、フィリーネのことも気遣っていただきありがとうございました。エリオットが爵位を賜ると聞いて、とても喜んでいましたから」

「ああ。正式になるには少し時間がかかるかもしれないが、子どもが生まれる前には承《しょう》認《にん》されるだろう」

そのために、今回のこともすでに報告書をまとめマリンフォレストへ送ってある。

フィリーネのこともちろんだが、ここまで自分のために仕えてくれる側近に報《むく》いてあげたいとも思う。

話を聞いたティアラローズは、上手くいっていることにほっとする。

「二人の結婚式《けっこんしき》が楽しみですね」

「そうだね。それに、二人に子どもが出来れば私たちの子との遊び相手にもなってもらえるだろう」

アクアスティードの言葉に、それはいいとティアラローズは手を叩《たた》く。

「幼馴染《おさなな じ》み、ですね」

「ああ、そうなるね」

加えて、二人の子どもならば自分たちの子どもに仕えてくれるのではないかとも思う。

いや、むしろフィリーネとエリオットではそのような教育しかしなさそうだ。

その姿が簡単に想像出来て、思わず笑ってしまう。

「どうしたの、ティアラ」

「わたくしたちの子どもの侍女《じじょ》や側近になるための教育を施《ほどこ》しそうだなと、考えてしまったんです」

伝えると、アクアスティードも「一理ある」と言って笑う。

「むしろ、それしか考えられないな」

どうやら、意見は一致したようだ。

アクアスティードはティアラローズを優しく撫でて、体をゆっくりベッドへと倒す。

「さあ、そろそろ寝よう。あまり眠くないかもしれないけれど、横になっているだけでも違うから」

「はい」

ティアラローズは素直に頷いて、瞼を閉じる。

優しくアクアスティードに抱きしめられると、次第《しだい》に眠りに落ちていく。

「おやすみ、ティアラ」

「アクア様……おやすみなさい」

互《たが》いに目を閉じ、緩やかに眠りについた。

第五章 幸せの足音はすぐそこに

ティアラローズがアクアスティードと一緒《いっしょ》に実家へ帰省して数週間が経《た》ち、明日の午前中にはマリンフォレストへ向けて出発することが決まった。

当初はティアラローズの体調を考え、数ヶ月は療養《りょうよう》の意味も込《こ》めて実家にいては……という話もあった。けれど、魔力《まりょく》も安定した今、王妃《おうひ》である自分が長くマリンフォレストを空《あ》けてはおけないとティアラローズ自身が判断したからだ。

今日が実家での最後の夜。

「ティアラ、本当に無理はしてない？　魔力の問題は解決したとはいえ、悪阻《つわり》は辛《つら》いことも多いんだろう？」

アクアスティードはホットミルクを持って、ソファに座《すわ》っているティアラローズの横へ行く。

ほかほか湯気が出ていて、体が温まりそうだ。

「ありがとうございます、アクア様。確かに少し辛いと思うこともありますが、動けないほどではありませんから」

「そう？　でも、何かあれば遠慮《えんりょ》なく言って。じゃないと、フィリーネも心配するよ」

「はい」

確かに無茶をしたら、フィリーネが泣きながら怒《おこ》ってきそうだなと思う。

ティアラローズのことを一番に考えてくれている彼女《かのじょ》のお説教は、申し訳なくなってしまっていつも反省するばかりだ。

ティアラローズはホットミルクを口にして、体をリラックスさせる。

「美味《おい》しいです」

「それはよかった。ほんの少しだけ砂糖《さとう》も入れてあるから、疲《つか》れにも利《き》くと思うよ」

明日からはまた長時間馬車に乗らなければならないので、今のうちにゆっくり甘《あま》いものを取るのがいいだろう。

とはいえ、フィリーネがきちんと用意しているのでティアラローズの前からスイーツが消えることはない。

アクアスティードは自分のホットミルクを机に置いて、じっとティアラローズのお腹《なか》を見つめる。

妊娠《にんしん》しているとわかってから何度も見ているし、優《やさ》しく撫《な》でたりもしているのに、毎日気になってしかたがないのだ。

──アクア様、可愛《かわい》い。

ティアラローズはそんなアクアスティードの姿にきゅんとして、自分とお腹の子どもがとても大事にされていることを感じる。

「早く元気な姿が見たいな」

「まだまだ先ですよ、アクア様」

「それもそうだが……」

気になってしまうのだから仕方がないと、アクアスティードは笑《え》みを浮《う》かべる。普段《ふだん》の凛々《りり》しい表情と違《ちが》い、油断したような甘い顔。

お腹を撫でてくるアクアスティードの手に自分手を重ねて、ティアラローズはゆっくりアクアスティードによりかかる。

すると今度は、お腹を撫でていた手がゆっくりティアラローズ自身を撫でてくる。くすぐるように頰《ほお》へ触《ふ》れて、髪《かみ》で遊び、最後は自分の方へ引き寄せるように首の後ろへ。

「あ……っ」

「──ん」

そのまま唇《くちびる》を奪《うば》われて、甘いミルクの味を感じる。

こつん、と。アクアスティードはティアラローズのおでこに自分の額を当てて、目を細めて愛《いと》おしそうに微笑《ほほえ》む。

そしてぽつりと、一言。

「……男がいいな」

そう、アクアスティードが口にした。

元気であれば、男でも女でもいいと、そう言っていたアクアスティードが明確にどちらがいいと口にしたことにティアラローズは驚《おどろ》く。

けれど、子どもの性別はどちらがいいなんて、夫婦《ふうふ》の会話としてはよくあることだ。

「男の子ですか？　アクア様に似て、きっと格好よくなりますね」

けれどやっぱり、王子がほしいのだなとティアラローズは思う。マリンフォレストの国王なのだから、王太子となる王子の誕生を強く望むのは当然だ。

――わたくしも嫁《とつ》いできた王妃として、王子を産みたいもの。

それはティアラローズに与《あた》えられた役目と言ってもいいかもしれない。

「ティアラ、難しいことを考えている顔になってるね」

「あっ！　わたくしったら、すみません……」

「謝《あやま》ることはないさ。私が男がいいと言ったから、いろいろ考えてしまったんだろう？」

ずばり図星をさされて、ティアラローズは返す言葉もない。

「ですが、大切なことではありませんか……」

「ティアラが責任を感じるようなことではないよ。別に、女の子しか生まれなかったのなら、女王にすればいい」

だから子どもの性別で悩《なや》む必要なんてこれっぽっちもないのだと、安心させるようにアクアスティードが言う。

別に、絶対に男が王とならなければいけないわけではない。

反対する声をあげる貴族はいるかもしれないが、それなら力を付けて王だということを認めさせればいいだけだ。

自分とティアラローズの子どもならば、それが可能だとアクアスティードは信じている。

アクアスティードの言葉にほっとしつつも、ティアラローズには疑問が浮かんだまま。

――でも、ならどうして男の子がいいのかしら？

すると、少し照れたような様子でアクアスティードが口を開く。

「女の子だったら、他国へ嫁ぐかもしれないだろう？」

「え……それは、そうですね。わたくしも隣国《りんごく》から嫁いできましたし」

予想していなかったアクアスティードの言葉に、ティアラローズはなんと返したらいいのだろうと戸惑《とまど》いつつ自分がそのパターンだったと頷《うなず》く。

「ティアラの父上はすごいな。……私はもし娘《むすめ》が生まれても、誰《だれ》かの嫁《よめ》に出そうとは思えないかもしれない」

「アクア様……」

まだ生まれてもいないし、性別だってわからない。それなのに、今から子どもがお嫁に行くときのことまで考えてしまっているようだ。

ティアラローズはふふっと声に出して笑う。

「アクア様、さすがにそれは気が早すぎですよ？」

「わかっている。だが、嫌《いや》だと思ったものはどうしようもない」

「それはそうかもしれませんが……」

ティアラローズは自分のお腹を見つつ、娘が生まれたときのことを考えてみる。アクアスティードと一緒に可愛がって育てて、きっと素敵《すてき》な姫に育つだろう。

父親が好きじゃない娘は多いだろうが、アクアスティードを嫌《きら》いになる女の子がいるとは思えない。

――あ。

親子で暮らす様子を思い浮かべていたティアラローズは、とある結論に行きついた。

「男の子がいいですね！」

「何を考えたの？　ティアラ」

特に性別を明言していなかったティアラローズも男がいいと告げたことに、アクアスティードはいったいどうしたのかと首を傾《かし》げる。

すぐになぜ男がいいか説明出来たらよかったのだが、その理由が少し子どもっぽいような気がしてティアラローズは口を噤《つぐ》む。

ふるふる首を振《ふ》って、「やっぱりナシです！」と声をあげる。

「私に言えないようなこと？」

「いえ、そういうわけではなくてですね……なんとも自分勝手な理由だったと思って、考えを改めました」

「…………ふぅん？」

そんなことを言われたら、どうやってでもティアラローズに言わせたくなるのがアクアスティードというもので。

こういうときのティアラローズは、間違《まちが》いなく可愛いことしか言わないからだ。

さて、どうしようかな？　――なんて。

ティアラローズはティアラローズで、この〝ふぅん？〟の笑みはいけないやつだと笑顔《えがお》が固まる。

「あっ、でも……っ！　娘だったら、一緒にお茶会が出来るのでとても楽しみです」

「ティアラが主催《しゆさい》するお茶会は人気だからね。確かに娘が生まれて一緒にお茶会をすれば、普段は登城できない子どもたちも一緒に来られるだろう」

普段のお茶会に招待するのは、社交デビューした令嬢たちだ。けれど、娘と一緒に行えば同じ年頃の貴族の令嬢や令息を招待することが出来る。

王族ならではの特権のようなもので、貴族が行う場合は派閥《はばつ》が同じか、よほど親しい間柄《あいだがら》でなければ子ども同士の交流はない。

そういったことを考えても、生まれてくる子どもはみんなの架《か》け橋《はし》になるだろう。

そしてふと、自分も幼いころに王城のお茶会に招待されて行ったことを思い出す。

とてつもなく緊張《きんちょう》して、けれどラピスを賜《たまわ》った侯爵《こうしやく》家の令嬢としてしっかり振舞《ふるま》わなければと震《ふる》える自分を叱咤《しった》した。

——思ったよりハードルが高い思い出だったわね。

「娘でも息子《むすこ》でも、どこに出ても恥《は》ずかしくないようにしないといけませんね。それが将来、この子を助けることになりますから……」

「そうだね」

甘やかすのは大事だけれど、なんでも許していいわけではない。でなければ、社交デビュー後に困るのは本人なのだから。

「ティアラ」

「はい？　アクア様——……」

ティアラローズが名前を呼ばれて顔を向けると、すぐ眼前にアクアスティードの顔があった。あと少し動けばキスをしてしまいそうな、そんな距離《きょり》だ。

一気に心臓が跳《は》ね、ドッドッドッと速い鼓動《こどう》を刻む。

「ど、どうしましたか？」

そう言いながら、ティアラローズは後ろに少し体をずらす。けれど、それに合わせてアクアスティードも距離を詰《つ》めてくる。

「ち、近いですアクア様……」

「ティアラが可愛くてね。さあ、そろそろ寝《ね》ようか。体が冷えてもいけないから、ベッドに行こう」

「はい」

ティアラローズが立ちあがろうとするより先に、アクアスティードに抱《だ》き上《あ》げられてしまう。どうやら、ベッドまで運んでくれるらしい。

「自分で歩けますよ？」

「わかってるよ。たんに、私が触れていたいだけ」

「…………はう」

さらりと甘い言葉を囁《ささや》かれ、真《ま》っ赤《か》になってしまった顔を両手で隠《かく》す。いつもそうだが、今夜もアクアスティードが甘やかしてくる。

そのまま二人でベッドに横になると、アクアスティードの金色の瞳《ひとみ》と目が合う。

キラキラ光る宝石のようなその瞳は、王である証《あかし》。

見つめられるのは嬉《うれ》しいけれど、それ以上に緊張してどきどきしてしまうし、まるで食べられてしまいそうだとも思う。

ゆっくりアクアスティードの手が伸《の》びてきて、ティアラローズの前髪に触れる。

「ん」

「さっきの話の続きをしようか？」

「……！」

生まれてくる子は男の子がいいとティアラローズが告げた理由をまだ聞いていないと、アクアスティードがティアラローズを見て口にする。

ティアラローズの髪に触れていたアクアスティードの右手は、気付くとティアラローズの首の下へ入れられ腕枕《うでまくら》になっていて。いとも簡単に、アクアスティードの胸元《むなもと》へ抱き寄せられてしまう。

「ね、ティアラ。理由を話すか——無理なら、ティアラからのキスがほしいな」

「わたくしから、ですか……？」

にっこり微笑むアクアスティードに、ティアラローズは顔を赤くする。

自分からキスをしたことがないわけではないので、駄目《だめ》とか、そういうわけではない。いつもよりどきどきしてしまうだけで。

理由を話すかキスをするか、どちらがいいだろうとティアラローズは思案する。しかしその結果、話をするのは嫌だなという気恥ずかしい気持ちが脳裏《のうり》に浮かぶ。

――そ、それに、わたくしだってキスしたいもの！

ティアラローズがおずおずアクアスティードの背中に腕を回すと、アクアスティードが擦《す》り寄《よ》ってきた。

嬉しいということが、その行動でわかってしまう。

――アクア様、可愛い……好き。

ゆっくり瞳を閉じて、ティアラローズはそのままアクアスティードの唇に触れる。すぐに離《はな》すと、「まだ駄目」と腕枕で引き寄せられてしまう。

素直《すなお》にもう一度キスをして、すぐに離れて……けれど次はティアラローズからもう一度、アクアスティードの唇に触れる。今度はすぐに離れずに、上唇《うわくちびる》をはむりとしてみた。

「…………」

――自分からしてみたけど、恥ずかしい!!

これは駄目だと唇を離して目を開けると、アクアスティードの金色の視線がティアラローズに向けられていた。

「ふぁ……っ!? あ、アクア様、も、もしかしてずっと見て……？」

「可愛くてつい、ね？」

「つ、ついでそんな恥ずかしいことをしないでください～！」

まさか自分からキスしている間、ずっと見られていたなんて思ってもみなかった。恥ずかしくて後ずさろうとするも、腕枕されているのでそれもできなくて。

「私としてはもう少し頑張《がんば》ってもらってもよかったんだけど……」

そう言って、今度は目を開けたままアクアスティードからキスをしてきた。ティアラローズも突然《とつぜん》のことに、目を閉じるのを忘れて――というか、一瞬《いっしゅん》の隙《すき》をつかれて反応できなかったと言った方がいいだろうか。

「ん……っ」

二度目のキスで目を閉じると、アクアスティードから「ティアラ」と名前を呼ばれる。

「せっかくだから、ティアラの可愛い顔を見たいんだけどな？」

「っ!! 駄目です無理です、恥ずかしいです!! それなら男の子がいいと言った理由を話した方がいいです……っ」

「そう？」

さすがにずっとキスしているところを見られているなんて、無理だ。ティアラローズは観念して、先ほど思ったことを口にする。

「その……娘だと、アクア様を……とられてしまうのでは、と……」

「私を？」

きょとんとするアクアスティードに、ティアラローズは頷く。

「ほ、ほら……女の子は、『パパと結婚《けっこん》する』なんてよく言うじゃないですか」

「…………」

しかもアクアスティードは続編のメイン攻略《こうりゃく》対象で、とてつもなく格好いいキラキラの王子様だ。

娘すらときめかされてしまうに違いない――と、思わずにはいられない。

「だからその、男の子ならそんな心配はいらないかな？　なんて、思ってしまったわけで して……」

「ティアラってば、やきもち？　ああもう本当に、そんな可愛い理由だったなんて」

アクアスティードはぎゅっとティアラローズを抱きしめて、「大丈夫《だいじょうぶ》だよ」と優しく背中を撫でる。

「確かにティアラに似た娘だったら溺愛《できあい》してしまいそうだけど、それでも私にはティアラだけということは変わらない。一番じゃなくて、ティアラ以外ほしいとは思わないんだ」

もちろん、子どもが生まれたら可愛いし、愛おしく思うけれど……とアクアスティードは続ける。

「ね？　ティアラが心配するようなことは何一つないよ」

「アクア様……」

「それに……もし息子が生まれて、ティアラと結婚するなんて言われたとしても絶対に譲《ゆず》らないからね」

たとえ自分の息子だろうと、容赦《ようしゃ》はしないとアクアスティードが笑う。

「でも、こうやってティアラに妬《や》いてもらえるのもいいね。愛してる、ティアラ。もちろん、お腹の子どもも」

「……はい」

今度は二人で見つめ合いながら瞳を閉じて、もう一度キスをした。


「ティアラローズ様、ご気分はいかがですか？　もし馬車の速度が速いなどありましたら遠慮なくおっしゃってくださいね？」

「ええ。ありがとう、フィリーネ」

マリンフォレストへ戻《もど》るため実家を発《た》って数時間。一緒に馬車に乗っているフィリーネのそわそわが止まらない。

一台目の馬車にはティアラローズ、アクアスティード、フィリーネの三人。

二台目の馬車にはエリオットが乗っていて、タルモを含《ふく》めた護衛騎士《きし》たちは馬で馬車の周囲を進んでいる。

ついでに言うと、シュナウスがプレゼントしてくれたぬいぐるみのねこちゃんを一つだけ持ってきていて、フィリーネの横にちょこんと座らせている。

「フィリーネがしっかりティアラを見ていてくれるから、私も安心して仕事ができそうだ」

「大丈夫です、ちゃんと大人しくしていますから……」

しゅんとするティアラローズに、アクアスティードはくすりと笑う。

「無理しなければいいよ。何かあれば必ず私が守るから、遠慮なく言うんだよ？」

「はい」

「私の仕事が忙《いそが》しくて、何日も徹夜《てつや》が続いたとしても、だよ？」

「う……っ、そのたとえはずるいですよ、アクア様！」

そんな状態のアクアスティードに心配事を相談するなんてとんでもない、とティアラローズは息をつく。

ちょっとした体調不良くらいならば、黙《だま》って寝ていればいいだけだ。

そうティアラローズが考えていると、「ほらね」とアクアスティードがティアラローズの頭を優しく撫でる。

「だからフィリーネが必要なんだよ。主人の疲れを配慮《はいりょ》して、口を閉ざされてはたまらないからね」

「……そうですね。もしわたくしが逆の立場だったらと考えたら、嫌ですもの。何かあったら、ちゃんとアクア様にご相談しますね」

「ああ、そうしてくれ」

――これからはもっとこまめにアクア様に相談しよう。

自分一人の体ではないのだからと、改めて自覚させられた。


国境門を越《こ》えてマリンフォレストへ入ると、わあ～っと妖精《ようせい》たちが馬車の周りを取り囲みにやってきた。

わらわら飛《と》び交《か》う妖精たちはとても可愛らしいが、こんな光景は今まで見たことがなかったので、アクアスティードやエリオットもぎょっとする。

「……これじゃあ進めないから、いったん外に出て休憩《きゅうけい》にしようか」

「はい」

アクアスティードにエスコートされながら馬車を下りると、妖精たちは一直線にティアラローズへ向かってきた。

森の妖精だけではなく、空の妖精に海の妖精もいる。飛べない海の妖精は、ほかの妖精たちに抱《かか》えてもらっていた。

「えっわたくし!?」

いったい何事だと思わず身構えるが、めちゃくちゃ笑顔の妖精たちを見て体の力を抜《ぬ》く。

この子たちが自分に危害を加えるなんて、微塵《みじん》も思っていないのだから。

森の妖精がきゃらきゃらティアラローズの周囲を飛んで、お花を差し出してくれた。それを受け取ると、妖精たちは満面の笑みを浮かべる。

『はい！　プレゼントだよ～！』

『えへへぇ、赤ちゃんに祝福するんだ～！』

『元気になぁれ～』

森、海、空の妖精がティアラローズのお腹に触れると、きらきらした粒子《りゅうし》が降り注ぐ。

妖精たちは、お腹にいる赤ちゃんに祝福を贈《おく》るために集まってくれたようだ。

『んふ～、元気いっぱい！』

『きっとパール様のように美しい子が生まれるわ！』

『楽しみだね～』

祝福を贈る妖精たちを見て一番驚いたのは、マリンフォレストで生まれ育ったアクアスティードやエリオットたちだ。

なぜなら、生まれる前の赤子に祝福を……なんていう前例はないからだ。

アクアスティードはティアラローズの肩《かた》を抱きながら、妖精たちを見る。

「祝福を贈ってくれてありがとう。妖精たちに祝福されて生まれてくるなんて、私たちの子どもは幸せだ」

「ありがとうございます」

ティアラローズもアクアスティードと同じようにお礼を言って、自分のお腹を撫でる。

まさかすべての妖精たちに祝福をもらえるとは思ってもいなかったので、内心ではとても驚いた。

ティアラローズは森の妖精、キース、パールから祝福を。

アクアスティードは、空と海の妖精、クレイル、パール、キースから祝福を。

——私とアクア様の子どもだから、こうして祝福してくれたのかもしれないわね。

もしティアラローズが森の妖精に好かれていなかったら、空と海からの祝福だけだったかもしれない。

初めてこの国へ来て、森の妖精たちに優しくしてもらったことを思い出すと——心が、とても温かい気持ちになった。

——早く、この子に会いたい。

生まれるのはまだまだ先だけれど、そんな思いがただただ募《つの》る。

妖精から祝福を受けて王城へ戻ると、オリヴィアの来訪をメイドから報《しら》された。

今日の帰還《きかん》に関してはおそらくどこかから情報を得たのだろうけれど、こんなに急いで来るなんて珍《めずら》しいとティアラローズは思う。

アクアスティードと顔を見合わせて、メイドへ問いかける。

「オリヴィア様が？」

「はい。ゲストルームでお待ちいただいておりますが、どういたしますか？」

「では向かいますので、そのように伝えてもらっていいかしら？」

「かしこまりました」

ほかに用事などがあるわけではないので、ティアラローズはすぐに了承《りようしよう》の返事を伝えるようにお願いする。

それに、オリヴィアには子どもが出来たことも話しておきたい。アクアスティードもティアラローズの意図を汲《く》み取《と》ったようで、すぐに優しく頷いた。

「ティアラが帰省していたことは知っていたはずだから、何か急ぎの用があったのかもしれないね。私は執務室《しつむしつ》へ行かなければならないが、何かあったらすぐに呼んで」

った。

「わかりました」

一度アクアスティードと別れ、ティアラローズはオリヴィアの待つゲストルームへ向か

ハンカチで鼻を押《お》さえているオリヴィアは瞳がらんらんと輝《かがや》いていて、興奮した様子で

ゲストルームに入ってきたティアラローズを見つめてきた。

ハンカチが若干《じゃっかん》赤く染まっているので、きっと興奮する何かがあったのだろう。

「ティアラローズ先輩《せんぱい》……！　おめでとうございます……!!」

「えっ」

開口一番に祝いの言葉とプレゼントを渡《わた》してきたオリヴィアに、ティアラローズは戸惑

う。

ティアラローズが妊娠していることは誰にも言っていないし、まだ発表する日取りすら

決まっていない。

もしかして妖精が？　とも思ったけれど、彼《かれ》らはよほどのお気に入りでなければ人に話

しかけるようなこともない。

――どうして知っているのかしら？

きっとそんな疑問がティアラローズの顔に出てしまったのだろう。オリヴィアは鼻をか

んでから、「推理ですわ！」と胸を張った。

「だって、王城で修繕《しゅうぜん》を始めたんですもの」

「それだけで、ですか？」

「ええ。あ、プレゼントはガラガラですわ」

「ありがとうございます、オリヴィア様」

するとティアラローズは受け取った箱を開けてみる。

贈《おく》り物《もの》の中身を告げられてしまったので、ティアラローズは受け取った箱を開けてみる。

すると、可愛らしいピンクと青のガラガラが入っていた。

妖精がモチーフになったデザインがあしらってあり、贅沢《ぜいたく》な仕上がりになっている。

手に取って振ってみると、カランカランと高い音が鳴った。

「わあ、可愛い……！」

「ティアラローズ様のピンクと、アクアスティード陛下《へいか》のブルー。両親カラーで、二色用意しましたの。気に入っていただけてとても嬉しいですわ」

「大切に使わせていただきますね」

ティアラローズがガラガラをぎゅっと抱きしめると、部屋にコンコンコンとノックの音が響《ひび》く。

メイドが紅茶を持ってきたのだろう。

「いけない……。わたくし、まだ身籠《みご》もったことは公表していないの」

「もう手遅《ておく》れだとは思いますが、それでしたらガラガラは隠した方がいいですわね。箱にしまって、向こうのサイドテーブルに置いておきましょう」

「え？　えっと……はい」

もう手遅れという単語がいささか気になるが、今は考えている余裕がない。ティアラローズは急いでガラガラを箱に戻し、サイドテーブルの上に置いた。

すぐに入室を促《うなが》すと、ティーセットを用意したメイドがやってきた。

「本日はルイボスティーとフィナンシェをご用意させていただきました」

「ありがとう」

──ルイボスティー？

別に嫌いではないが、いつもは紅茶を淹《い》れてくれるのに……とティアラローズは思う。来客時は、相手の好みでもない限り変更《へんこう》されることはない。

オリヴィアを見ると嬉しそうににこにこしているので、問題はなさそうだけれど……。

メイドが下がったのを確認《かくにん》すると、オリヴィアがくすりと笑った。

「紅茶はカフェインが入っていますが、ルイボスティーはノンカフェインですものね」

「え？　え……そ、そういうことなの？」

「はい」

妊娠しているティアラローズを気遣《きづか》い、けれど妊娠しているということが周知されていないため黙っている……ということだ。

いったいいつの間に知られてしまったのかと、頭を抱える。

「そういえばオリヴィア様も気付いていましたものね。ええと、王城の修繕なんて、そう珍しいことでもないでしょう？」

歴史ある王城は、外装こそ立派だが修繕が必要な箇所《かしょ》は多い。時が経つごとに隙間風《すきまかぜ》が気になったり、雨漏《あまも》りしてしまうこともある。

もちろん逐一《ちくいち》修理しているし、日ごろからきちんと管理もされているためそういったことはほとんどないが。

「修繕というよりも、リフォームに近い内容だったからですわ。高い段差をなくすようにだとか、根本的に寒さから室内を守れるように壁《かべ》の材質を変えたり。それは、守らなければならないか弱い命を授《さず》かった――と、そう思いたくなってしまうのがわたくしたち王に仕える者ですわ」

「……そうでした」

貴族は王のためにあれ――。

マリンフォレストはとても平和な国で、王侯《おうこう》貴族間は良好な関係が築けている。それゆえ、即位《そくい》したアクアスティードの子を望む声は多かった。

普段からそう思っているところに、アクアスティードからまるで妊婦《にんぷ》を気遣うような工事の指示を受ければ……そう受け取り、舞《ま》い上《あ》がってしまうのも仕方がないことで。

もちろん勘違《かんちが》いという可能性もありはするが、そのときはまた次に期待すればいい。

「国民はまだしも、貴族への公表は早めた方がいいかもしれないわね」

「ええ。わたくしも、早く盛大《せいだい》にティアラローズ様をお祝いしたいですもの」

「ありがとうございます、オリヴィア様。とても嬉しいです」

にこりと微笑んだオリヴィアの鼻から、つつーと鼻血が垂れた。

「あ……っ」

「おっと失礼いたしました！」

ティアラローズが何か言うよりも早く、オリヴィアが自分のハンカチでさっと鼻を押さえた。まったく動揺《どうよう》の色を見せず優雅《ゆうが》に座ったままなので、逆に心配になってしまう。

「……今のはいったいなぜ鼻血が出たのでしょう？」

興奮するような話ではなかったですよね？　と、ティアラローズが首を傾げる。

「その……少し未来を想像してしまいました」

「未来ですか？　もしかして、オリヴィア様にもどなたか――」

「もしアカリ様とハルトナイツ殿下《でんか》にも子どもが生まれて、もしティアラローズ様の子どもと結婚したとしたら……互《たが》いにヒロインと悪役令嬢の子どもの義母になるじゃないですか……！」

もしもだらけの話だが、なんだかめちゃくちゃテンション上がりませんか？　と、オリヴィアが眼鏡《めがね》の奥《おく》の燃えたぎる瞳で訴《うった》えかけてきた。

「…………」

「よくある展開ではありますけれど、ゲームファンとしては見逃《みのが》せません！　ティアラローズ様のお子様は両親どちらに似ても美しいですし……きっと社交デビューをしたらモテモテ間違いなしですね！」

どうやらオリヴィアは妄想《もうそう》が止まらなくなっているだけみたいだ。

「――ハッ！　今は仲がいいですが、もしティアラローズ様とアカリ様が仲たがいしたままだったら……ロミジュリパターンもあったかもしれませんわね！」

「オリヴィア様、想像力がたくましすぎです！」

ティアラローズが「落ち着いてくださいませ！」と声をあげる。

もちろんアカリが子どもを授かれば婚約《こんやく》、結婚と進む可能性はあるかもしれないが、現時点ではまったくそんな予定はない。

オリヴィアも興奮しすぎてしまったことを自覚したらしく、顔を赤くして俯《うつむ》く。

「すみません、嬉しすぎてしまって……お恥ずかしい」

「いえいえ。お気持ちは嬉しいですから」

子どもが生まれてきたら、自分以上にオリヴィアとアカリが構いにやってきそうだなと考えると、笑ってしまう。

「生まれたら遊びに来てくださいませ、オリヴィア様」

「もちろんです！　すぐに駆《か》けつけますわ!!」

それからしばらく雑談して、あまり長居するとティアラローズが疲れてしまうかもしれないからとオリヴィアは帰っていった。

今日は本当に妊娠のお祝いのためだけに駆けつけてくれたようだ。


自室に戻る道すがら、けれどオリヴィアは将来どうするのだろうと脳裏に浮かぶ。とはいえ、ティアラローズが簡単に口を挟《はさ》める案件でもない。

自分に出来ることといえば、オリヴィアが助けを求めたときそれに応えることだけだ。

「……続編の悪役令嬢の末路は、どうなっていたんだろう」

とはいえ、元気に生きて趣味《しゅみ》の聖地巡礼《じゅんれい》をしているので問題はないのだろう。お腹が大きくなる前に、どこかおすすめの聖地に連れて行ってもらうのもいいかもしれない。


運動も兼《か》ねて少しだけ遠回りして部屋に戻ると、すでに仕事を終えたアクアスティードが帰って来ていた。

バルコニーからのんびり外の様子を眺《なが》めていたようだ。夕日が庭園をオレンジ色に染めて、輝いている。

「おかえり、ティアラ」

「ただいま戻りました、アクア様」

アクアスティードの横に並ぶと、優しく腰《こし》を抱き寄せられる。

「オリヴィア嬢《じょう》はなんて？」

「実は……妊娠したことがばれてしまっていて……。贈り物をいただいてしまいました」

「やっぱり」

どうやらアクアスティードは予想していたようで、くすりと笑った。

「いろいろと工事の指示を出したからね。でも、公《おおやけ》にしないようにはしてあるから大丈夫。ちょっと食事や飲み物のメニューが変わるくらいかな」

「ありがとうございます」

まだ公にはしないけれど、かといって気を付けてもらわなければアクアスティードとしても困ってしまう。

なのであえて、そういった雰囲気《ふんいき》を出して注意するように仕向けたというところもある。

「明日からは医師の定期検診《けんしん》も入るだろうし、少しずつ知る人は増えていくと思う。何か嫌だと思うことがあれば、遠慮なく言うんだよ？」

「はい。アクア様も何かあれば、わたくしに相談してくださいね？」

「もちろん」

ティアラローズは微笑んで、自分からアクアスティードに寄《よ》り添《そ》う。

「ん？」

「……わたくしとこの子は、その……アクア様に守っていただけて幸せだなと……思いまして」

「――私だって、二人を守れて幸せだよ」

アクアスティードはティアラローズを優しく抱きしめて、その唇にキスを落とす。

「体が冷えるといけないから、中に入ろうか」

「はい」

夕日に染まる庭園に背を向けて、ティアラローズとアクアスティードは二人寄り添いながら室内へ戻った。

早くこの子に会えますようにと、そんな願いを込めて。

エピローグ

待ちきれない妖精の王たち

ティアラローズがマリンフォレストへ向け実家から馬車で発《た》った頃、久しぶりに妖精の王が三人集まっていた。

場所はキースの城で、手土産《てみやげ》にお菓子《かし》を持ったクレイルと、タピオカドリンクを持ったパールが来ている。

森の妖精たちがせっせとテーブルを整え、王たちを迎《むか》え入《い》れた。

「わらわはとてもすごいものを開発しての！　それを土産に持ってきたのじゃ」

茶会の席に着くなり、パールは持ってきたタピオカドリンクをどんと置く。その顔は自信に満《み》ち溢《あふ》れていて、褒《ほ》めたたえろと言わんばかりだ。

「開発……って、どう見てもタピオカが入ってるだけじゃねえか」

どこがすごいのだと、キースはパールを鼻で笑うが、パールはさらにそれを鼻で笑い飛ばす。

「このすごさがわからぬとは、キースもそれだけの男だったということかの」

「お前な……いったい何が……ん？」

キースがパールの持ってきたドリンクを見て、ハッとする。今まで飲んでいたココナッツミルクのタピオカドリンクと色合いが違《ちが》ったからだ。

うっすらピンク色で、よく見ると刻まれた苺《いちご》が浮いている。

苺はマリンフォレストの特産で、森の妖精たちがより美味《おい》しくなるように世話をしていることもあり、キースには親しみの深いものだ。

「……ふむ」

手に取り、一口飲むとキースは目を見開いた。

「美味《うま》い」

「そうじゃろう。森の妖精たちに頼《たの》んで、育てている苺畑から苺をわけてもらって作ったのじゃ」

「ふーん……」

工程までは別に気にならなかったらしく、キースがさらりと流す。そのままタピオカドリンクを飲み干して、もちもちした食感を楽しんだ。

「もう少しありがたみを持たぬか」

「ほらほら、二人とも座って。私は苺ミルクのタピオカドリンク、とても好きだよ」

「クレイル……おぬしはわらわのことを肯定《こうてい》以外せぬであろう」

「まさか。本当に心からそう思っているんだよ」

ふん！ と顔をそむけるように言うパールだが、クレイルはそんなことは気にしない。

自分に対してパールが反応してくれるだけで嬉《うれ》しいと顔に書いてある。

「……まあよい。今日はティアラたちのことについて話し合いをするのじゃろう？ というか、話し合いなんてする必要はないと、わらわは思うがの」

パールはクレイルが淹《い》れた紅茶を一口飲んでから、キースに向けてそう言い放った。

「それは俺《おれ》も同意見だな。ティアラの子どもだ、俺が一番に祝福を贈《おく》るのが筋だろう？ 最初にティアラを見つけたのは、俺なんだから」

「何を言うておるか。わらわはこれからあやつと手を取りタピオカを世界に浸透《しんとう》させるからの。わらわが最初に祝福を贈るのがよかろうて」

キースとパールの間に、バチバチと火花が飛ぶ。

「俺だ」

「わらわじゃ」

どちらも引かず譲《ゆず》らずで、これでは切りがない。

「じゃあ、お前はいったい子どもにどんな祝福を授《さず》けるつもりだ？ 一番を名乗るんなら、よっぽどすごい祝福を贈るんだろうなぁ？」

「わらわは……子どもが水の中でも呼吸が出来る祝福を授けよう！」

「そんなの、危険が増すだけじゃねーか！　探検だとか言って、一人で深い海や湖の奥《おく》にいったらどうするつもりだ」

「うぐ……」

キースのある意味納得《なっとく》のいく理由に、パールは口を噤《つぐ》む。あのティアラローズの子どもなのだから、確かにそれくらい仕出かしても不思議ではない。

「なら、おぬしはどうするつもりじゃ？　キース」

「俺か？　そんなの、決まってるだろ。植物を成長させられる加護を与《あた》えて、菓子の材料になる花を育てられるようにしてやる」

「……っ！　そ、それはティアラローズが一番喜びそうな祝福じゃの……」

スイーツ関連を持ってこられたら勝ち目はないと、パールが項垂《うなだ》れる。

「二人とも、先走り過ぎ……生まれて、性別を見て、どんな嗜好《しこう》を持つ子どもか見てから祝福を授けてもいいんじゃない？」

まっとうな正論を突《つ》きつけられて、今度はキースもパールと一緒《いっしょ》に黙《だま》ってしまう。子どものことを考えるならば、確かにそれが一番いい。

「仕方ない、勝負は一時お預けじゃ」

「そうだな。勝負の決着は生まれてから……か」

冷戦状態のようになってしまった二人を見て、クレイルはやれやれとため息をつく。

「そういえば、キースはラピスラズリへ行く前のティアラローズに会ったんだろう？　どうだった？」

「あー、向こうでいろいろあったみたいだな。俺が見たときは、魔力《まりょく》は感知出来たけど、そこまで膨大《ぼうだい》じゃなかったからな……」

もしかしたら何かきっかけがあり、一気にお腹《なか》の子どもの魔力が成長したのかもしれないとキースは話す。

「そうか……私たちも、注意していた方がいいかもしれないね」

「そうじゃの」

クレイルの言葉に、パールが頷《うなず》く。

ひとまず、妖精王たちは子どもが生まれるまで注意してティアラローズのことを見守ろうということで話がまとまった。

誰《だれ》が最初に子どもへ祝福をするかは――さてさて、生まれてからのお楽しみのようだ。

あとがき

こんにちは、ぷにです。『悪役令嬢《れいじよう》は隣国《りんごく》の王太子に溺愛《できあい》される9』をお手に取っていただき、ありがとうございます。

あとがきを書いている今はまだ十二月で寒いのですが、三月もやはりまだ寒いのでしょうか……。早く暖かくなってくれるといいなと、毎日のように思っています。

そして頑張《がんば》っているリングフィットをまだ続けていることを祈《いの》っています。信じているぞ、未来の私……!!

さて！　本編ですが!!

ティアラローズとアクアスティードに超《ちよう》進展です！　帯を見て「お？」と思ってくれた方もいるのではないでしょうか。

いつもより全体的にラブラブ度を高くしたつもりではあるのですが、いかがでしたでしょうか……？

担当さんのテンションが高かったので、きっと満足いく高さになってくれているのでは……と、個人的には思っています。

アカリは相変わらずですが、ティアラローズたちのためにこれからも（オリヴィアを交えつつ）頑張ってくれそうです。

そして超進展といえば、もう一組！　フィリーネとエリオットも大きく一歩前進しました！　やっと、やっと二人も幸せになれそうですよ！　よかった!!

やはりティアラローズが主軸《しゅじく》にいるので、ほかのキャラの掘《ほ》り下《さ》げがなかなか進んでくれないのです。本当はみんな幸せにしたいんですよ……。

エリオットは一巻からいるにもかかわらず、出番が少なかったり幸薄《さちうす》かったりタイミングが悪かったりと、なんだか可哀相《かわいそう》ポジになってしまっています。

早く幸せになってね……。と、私が言うのもあれですが……もう少しで幸せになれると思うので、ぜひエリオットもよろしくお願いします！

次巻はついに、ついに待望の……ピ――（ネタバレ自主規制／しかし帯）です！　ということで、より一層楽しんでいただけるように頑張ります！


さて、今回はお知らせが三つあります。

まず一つ目のお知らせ。

悪役令嬢の十巻が、夏頃に発売予定です！

今回の内容を考えると、できるだけ早めに次巻をお届けしたいな……と思っていたので、とても嬉《うれ》しいです。

書きたい話やシーンがたくさんありまして……あれもこれもと、詰《つ》め込《こ》んでしまいそうです。とはいえページ数は無限ではないので、無理なく詰め込みます（笑）。

今回のエピローグで妖精《ようせい》王たちがわーわーしていたので、その部分が書きたくてたまらない私です。祝福戦争の結果は……次巻！

そして二つ目のお知らせ。

二月二十九日にコミカライズの五巻が発売いたしました！（漫画《まんが》：ほしな先生／ビーズログコミックス）

気付けばもう五巻です。一巻が発売されて喜んでいたのが、昨日のように思い出せるというのに……。

キースと妖精《ようせい》がたくさん出てきて、怒り顔のアクアスティードがめちゃくちゃイケメンなのでにやにやする一冊間違《まちが》いなしです。

コミックの収録特典は前回同様、私の書き下ろし小説をほしな先生が描《か》き起こしてくださった漫画です。アカリメインですが、アクアスティードも出ますよ！　ぜひとも、ティアラ以外には塩対応のアクアを見ていただきたいです。

そして三つ目。

以前あとがきでもお知らせさせていただいたシリーズなのですが、『加護なし令嬢の小

さな村　～さあ、領地運営を始めましょう！～』（カドカワＢＯＯＫＳ）の二巻が来月四月十日に発売します。

　悪役令嬢に転生した主人公が、エンディングの後も一人で生きて行けるようゲームシステムを使い領地運営などを頑張るお話です。

　しかし書いているのは私なので、ファンタジー要素は高めです。もりもりです。ぜひ、こちらもよろしくお願いいたします～！

　最後に、皆《みな》さまに謝辞を。

　担当してくださった編集のＹ様。オーディオドラマ以降ハルトナイツの好感度が上がった影響《えいきょう》で、ハルトナイツの登場シーンでめちゃめちゃ笑っていただけたのが嬉《うれ》しかったです！

　これからも糖度高めに頑張ります、ありがとうございます！

　イラストを担当してくださった成瀬《なるせ》あけの先生。いつにもまして甘《あま》いイラストを描いていただき、ありがとうございます。常に幸せいっぱいの二人なのですが、今回はさらにさらに幸せで見ている私は砂糖をはきそうです……！

　そしてお手紙やメッセージをくださる方へ。いつも編集さんから転送していただくのですが、本当に本当に嬉しくて、元気と創作意欲がもりもり回復します！

こうして応援《おうえん》していただけるからこその、続刊やコミックス刊行です。これからも頑張りますので、引き続きどうぞよろしくお願いいたします！

お返事は少し遅《おそ》くなってしまったりするのですが、季節ごとのカードをお送りさせていただいております。無事に届いていますように。

本書の制作に関わってくださった方、お読みいただいた読者の方、すべての方に感謝を。

それではまた、次巻で皆さまにお会い出来ることを願って。

ぷにちゃん

番外編　寝ている隙に甘いキスを

攻撃《こうげき》の指輪と守りの指輪を付けたことにより、ティアラローズはお腹《なか》の子どもの魔力《まりょく》が安定し、落ち着いた日々を過ごすことが出来るようになった。

しかしだからといって、子どもの魔力がすべてなくなったわけではない。

ティアラローズがハーブティーを飲みながら実家の自室で本を読んでいると、シュナウスの買ってきたぬいぐるみが動き始めた。

「わ、動いていますね」

一緒《いっしょ》にいたフィリーネが驚《おどろ》きの声をあげるけれど、もう何度か起こっている現象なので取り乱したりすることはない。

微笑《ほほえ》ましく思いながら、ティアラローズは頬《ほお》を緩《ゆる》める。

「可愛《かわい》いわね」

このぬいぐるみが動くのは、お腹の子どもが遊んでいるからなのだという。俗《ぞく》に言う、お人形遊びのようなもの。

ティアラローズが本を置いて手を伸《の》ばすと、ぬいぐるみたちがわらわらと集まってきた。

どうやら、一緒に遊んでほしいようだ。

「モテモテですね、ティアラローズ様」

「ふふ、嬉《うれ》しいわね。小さなころ、ぬいぐるみが動いたらいいなって何度も思ったもの」

子どもの魔力の影響《えいきょう》だが、その夢が実現して嬉しい。

ぬいぐるみと遊んでいると、部屋の外から「ティアラ様〜！」と切なげなアカリの声が聞こえてきた。

そのまま扉《とびら》を開けて、部屋へ入ってきた。

「アカリ様、いらしてたんですね」

「まだ許してはもらえていないんですけど、今日もお父様とティアラ様語りを――って、なんですかこのぬいぐるみたちはっ!!」

しょんぼりしていたのは一瞬《いっしゅん》で、動いているぬいぐるみを見たアカリは一気にマックスまでテンションを上げてきた。

少しずつ打ち解けてきてはいるが、アカリはまだシュナウスに許してもらってはいない。

そのため、こうしてこまめに足を運んでいるのだ。

「きゃー、可愛い！　すごい!!」

「赤ちゃんが魔力を使って、ぬいぐるみで遊んでいるんです」

「わお！　そんなことも出来ちゃうんですね。天才！　可愛い！　最高！　さすがティアラ様の赤ちゃん！」

アカリがお腹の子どもをめちゃくちゃ褒《ほ》めて、走るぬいぐるみを追いかける。どうやら、一緒に遊んでくれるみたいだ。

「あーん、可愛い可愛い、めちゃきゃわわ～！」

楽しそうなアカリを見て、ティアラローズはソファへ座《すわ》る。少しだけ体が辛《つら》かったので、遊ぶのはアカリに任せてしまうことにした。

ティアラローズはお腹に手を当てて、笑《え》みを浮《う》かべる。

「アカリお姉様が遊んでくれていますよ」

そう口にすると、ねこのぬいぐるみが嬉しそうにぴょんッと跳《は》ねてくるりと回った。まるでダンサーのような動きて、思わず拍手《はくしゅ》を送ってしまう。

「すごい、すごいわ」

「え、もしかして私たちの言葉も理解してたりするんですかね!?　そうだとしたら、めちゃくちゃ胎教《たいきよう》大事じゃないですか!!」

アカリの言葉を聞いて、ティアラローズとフィリーネはハッとする。もうすでに、英才教育をするための戦いは始まっていたのだ……！

フィリーネが深刻そうに、口を開く。

「よりいっそう、わたくしたちは立ち居振舞《ふるま》いに気を付けないといけませんね……。まさかお腹の子どもが聞いていらっしゃるなんて、思ってもみませんでした」

とたんにキリッとしたフィリーネに、ティアラローズとアカリは笑う。

「嬉しいけれど、四六時中そんなに気を張っていたら疲《つか》れてしまうわよ？　フィリーネ」

「そうそう、自由にのびのび成長するのが一番！」

もちろん気を付けるのは構わないけれど、そのせいで疲れ果ててしまうのはいただけない。

「ティアラローズ様はいいですが、アカリ様、それではいけません。生まれてくる御子はマリンフォレストの第一王子か、王女です。しっかりとした品位を持っていただかなければなりません」

「は、はいっ！」

まるで教育ママのように、フィリーネに気合が入ってしまった。その気迫《きはく》に、思わずアカリも返事をしてしまったほどだ。

ティアラローズは「ええと、ほどほどにね？」と言うくらいしか出来ない。それほどに、今のフィリーネは燃えている。

アカリはねこのぬいぐるみを抱《だ》っこして、ティアラローズの隣《となり》へ座ってそのお腹を見る。

「ちょっと大きくなったかなーっていう気はしますけど、言われないと妊娠《にんしん》してるとはわかりませんね。それでも赤ちゃんは成長してるんだから、神秘ですねぇ」

興味深そうなアカリに、ティアラローズは「触《さわ》ってみますか？」と問いかける。

「いいんですか？　後で、嫉妬《しっと》したアクア様に怒《おこ》られたりしませんか？」

「え……だ、大丈夫《だいじょうぶ》だと思います」

なんとなく断言しづらい質問だったが、アクアスティードもそんなことで怒ったりはしないだろうとティアラローズは頷《うなず》く。

もしかしたら不機嫌《ふきげん》になるかもしれないけれど……。

アカリはにょによ笑いながら、そっとティアラローズのお腹へ触《ふ》れる。

「こんにちは、アカリちゃんですよ～」

そう声をかけると、ねこのぬいぐるみのしっぽが揺《ゆ》れた。どうやら、赤ちゃんはねこのぬいぐるみが一番のお気に入りのようだ。

「わ、すごい！　お腹は動いた感じがしないのに、ぬいぐるみは元気いっぱいですね！」

「そうですね。魔力も安定しているので、適度にぬいぐるみで遊んでくれるのも安心できます。こうやって遊ぶだけで、魔力になれてくれると思いますから」

「将来は偉大《いだい》な魔法使《まほうつか》いですかね？」

王族で、すごい魔法使いなんて、将来がとても楽しみだとアカリは言う。その点にはティアラローズも同意するが、あまりプレッシャーをかけないでほしいとも思う。

とはいえ、生まれたら王族としての重圧はどうしてもかかってきてしまうだろう。

「わたくしは元気に育ってくれたら、それだけで嬉しいです」

「そうですね。私もそれが一番だと思います！」

ティアラローズの言葉にアカリが同意し、そこにフィリーネも混ざって三人でお腹を見て微笑んだ。


ホットココアに浮かんだマシュマロを見て、ティアラローズはほっと一息つく。

妊娠が発覚したからケーキなどを食べる回数は減ったけれど、こういった細かいところでフィリーネがいつも気遣《きづか》ってくれる。

それもあって、毎日充実《じゅうじつ》した日々を過ごすことが出来ている。

「美味《おい》しそうだね、ティアラ」

「アクア様も飲みますか？」

部屋に戻《もど》ってきたアクアスティードにそう問いかけると、しばし考えてから頷かれる。

「では、用意しま――ん！」

ティアラローズがソファから立ち上がる前に、アクアスティードに口づけられてしまった。触れた唇《くちびる》が、甘《あま》い。

「ん……。私はこれで十分、ごちそうさま」

「アクア様……」

ティアラローズが顔を赤くすると、「美味しかったよ？」と唇に指を当てて微笑まれてしまう。その仕草にどきりとして、脈が速くなる。

アクアスティードは上着を脱《ぬ》いでから、ティアラローズの横へ座る。

今日はマリンフォレストへいろいろ連絡《れんらく》事項《じこう》があるからと、一日中エリオットと調整をしていて大変そうだった。

「お疲れ様です、アクア様」

「ありがとう。ティアラも変わりはなかった？　アカリ嬢《じょう》が来ていたみたいだけど……」

「大丈夫でしたよ。アカリ様がぬいぐるみと一緒に遊んでくれたんです」

お腹の子どもも楽しそうだったことを伝えると、アクアスティードは優《やさ》しく笑みを浮かべる。

「私も遊んであげたかったな……」

「まだ機会はこれからたくさんありますよ。明日は一緒に遊びましょう？」

「そうだね。明日は一日ずっと、ティアラの隣にいようかな」

アクアスティードがマリンフォレストと連絡を取っている内容は、仕事のことも少しはあるが、お腹の子どものことがほとんどだ。そのため、ティアラローズと一緒に過ごす時間は十分に作ることが出来る。

ティアラローズはほわりと微笑み、「楽しみです」とアクアスティードに擦《す》り寄《よ》る。

「一日中ずっと一緒にいられるだけで、嬉しくて仕方ないな」

「アクア様ったら……ん」

ゆっくり近付いてきたアクアスティードの口づけを受け止めて、ティアラローズは甘い吐息《といき》をもらす。

ついばむように何度も口づけられ、それがどんどん深くなっていく。

侵入《しんにゅう》してきた舌を受け入れると、アクアスティードの手がそっとティアラローズのお腹を撫《な》でた。

赤ちゃんと一緒に愛されているということを感じられて、温かい気持ちになる。

「ん、ふぁ……」

「ティアラ、可愛い……ん」

「っあ、」

今度は噛《か》みつくようなキスをされ、ティアラローズの体がソファへと沈《しず》み込《こ》む。このままでは、食べられてしまいそうだ。

アクアスティードの背中に腕《うで》を回そうとして、ティアラローズは昼間話していたことを思い出してハッとする。

――もしかして、赤ちゃんが見てる⁉

その可能性を思い浮かべ、ティアラローズは慌《あわ》ててアクアスティードに待ったをかける。さすがにこれは、胎教によくない。

「ティアラ？」

急に止められて、アクアスティードは拗《す》ねた声でティアラローズの名前を呼ぶ。どうしてストップしたのか、わからないようだ。

アクアスティードの拗ねている顔がなんだか可愛くてきゅんとしてしまうが、今はそれどころではない。

「ええと、その……赤ちゃんが見ているかもしれなくて」

「え？　ああ、そうか……ぬいぐるみを動かしたり、ダレルの終わりと言う声にもちゃんと応えていたからね」

アクアスティードは見ているかもという言葉だけで、ティアラローズの言いたいことを理解してくれた。

「そう、そうなんです！　今日もわたくしやアカリ様の言葉に反応してくれたので、聞いていると思います」

だからその、こういうことをするのはさすがによくないのでは……と、ティアラローズは思ってしまったわけで。

「なるほど……」

かといって、アクアスティードも簡単にそうだねと了承《りょうしょう》することは出来ない。したら最後、子どもが生まれるまで、いちゃいちゃすることはおろか、キスすら許してもらえなくなってしまう。

しばしの間そんなことを思案し、アクアスティードは頷く。

「それは無理だよ、ティアラ」

「えっ⁉ で、ですが、赤ちゃんが……」

あわあわ焦《あせ》るティアラローズを見て、その額にアクアスティードがキスをする。過剰《かじょう》なスキンシップは自重してもいいが、さすがにこれくらいは許容してほしい。

「もちろんわかるけど、ティアラに触れられなくなるのは辛い」

「アクア様……」

――そう言ってもらえるのは、とても嬉しいけれどどっ！

ううぅと、キスしてほしい気持ちと、恥《は》ずかしい気持ちのせめぎ合いに唸《うな》る。

「ああ、そうだ」

すると、アクアスティードが名案を思いついたのかにこりといい笑顔《えがお》を見せた。

「今は夜だから、赤ちゃんも寝《ね》ているんじゃないかな」

「え？　あ、確かにその可能性は高いですね……」

盲点《もうてん》だったと、ティアラローズは目を瞬《しばたた》かせる。

「ですが、本当に寝ているかはわかりませんよ？」

「うん。だから、お腹の子どもの状態を把握《はあく》できるように、いろいろ調べてみるよ」

そうすればティアラローズの体の負担も減るだろうし、お腹の子どものこともわかり、出産時なども負担が減るだろうとアクアスティードは考える。

アクアスティードも辛いと告げはしたけれど、お腹の子どもが見ている前でやましいことをしようとは思っていない。

「ティアラのことも赤ちゃんのことも大切だからね、心配になるようなことはしないよ。でも、軽いキスくらいは受け入れて？」

「ええと、はい。それくらいなら」

恥ずかしいけれど、スキンシップに近いため大丈夫だろうとティアラローズは頷いた。

「よかった」

アクアスティードは安堵《あんど》して、ティアラローズのこめかみへキスをする。これくらいな
「……？」

らば、スキンシップの範囲内《はんいない》なのでいつでも問題はない。

それに、ティアラローズだってキスをしてもらえないのは寂《さび》しいのだ。

「アクア様、ありがとうございます」

「私こそ、ティアラには感謝ばかりだよ」

そう言って、軽いキスをする。

自分がこれ以上ないほど、アクアスティードに大事にされているということがわかって……いや、わかっていたのだけれど——どきどきが止まらなくなってしまうティアラローズだった。

■ご意見、ご感想をお寄せください。
《ファンレターの宛先》
〒102-8177 東京都千代田区富士見2-13-3
株式会社KADOKAWA ビーズログ文庫編集部
ぷにちゃん 先生・成瀬あけの 先生

ビーズログ文庫

●お問い合わせ(エンターブレイン ブランド)
https://www.kadokawa.co.jp/(「お問い合わせ」へお進みください)
※内容によっては、お答えできない場合があります。
※サポートは日本国内のみとさせていただきます。
※Japanese text only

悪《あく》役《やく》令《れい》嬢《じょう》は隣《りん》国《ごく》の王《おう》太《たい》子《し》に溺《でき》愛《あい》される 9

ぷにちゃん

2020年3月15日 初版発行
2020年5月30日 第3刷発行

発行者	三坂泰二
発行	株式会社 KADOKAWA
	〒102-8177 東京都千代田区富士見 2-13-3
	(ナビダイヤル) 0570-060-555
デザイン	島田絵里子
印刷所	凸版印刷株式会社
製本所	凸版印刷株式会社

■本書の無断複製(コピー、スキャン、デジタル化等)並びに無断複製物の譲渡および配信は、著作権法上での例外を除き禁じられています。また、本書を代行業者等の第三者に依頼して複製する行為は、たとえ個人や家庭内での利用であっても一切認められておりません。

■本書におけるサービスのご利用、プレゼントのご応募等に関連してお客様からご提供いただいた個人情報につきましては、弊社のプライバシーポリシー(URL:https://www.kadokawa.co.jp/)の定めるところにより、取り扱わせていただきます。

ISBN978-4-04-736043-3 C0193
©Punichan 2020 Printed in Japan

定価はカバーに表示してあります。
◇◇◇

幸せいっぱいなティアラローズに
新たな試練が……!?
特報!!
2020年夏頃
発売予定
『悪役令嬢は
隣国の王太子に
溺愛される⑩』
ぷにちゃん　イラスト：成瀬あけの
ビーズログ文庫

B's -LOG COMIC にて
コミカライズ連載中！
コミックウォーカー、
ニコニコ静画でも公開中♪
ビーズログコミック
「悪役令嬢は隣国の王太子に溺愛される」
コミックス第①～⑤巻は好評発売中!!
原作／ぷにちゃん
キャラクター原案／成瀬あけの　作画：ほしな
最新情報は、B's-LOG COMICS
公式 Twitter（@comibi）にて随時更新いたします！

ビーズログ文庫

異世界に転生し、尊敬するオレ様魔王の秘書官として働くクレア。しかし突然人間界に住む勇者に召喚されて、聖女認定されてしまう！「打倒魔王」を謳う勇者は、クレアが魔族だと知りながらも溺愛が止まらなくて？

ビーズログ文庫
召し上げられたのは『貧乏くじ』のお妃様(候補)!?
31番目のお妃様
①〜④巻、好評発売中!
桃巴《ももともえ》
イラスト/山下《やました》ナナオ
辺境の孤島領主の妹フェリアに突然降ってきたのは、厳格な王マクロンの妃候補に選ばれたという話! でも3カ月に一度しか王のお越しがない『貧乏くじ』の31番目だったなんて——!? 田舎娘の後宮成り上がり譚!

ビーズログ文庫
勿論、慰謝料
請求いたします！
①〜③巻、好評発売中!
人気小説の悪役令嬢が私!?
スカッと痛快★婚約破棄ラブコメ!
Web発!
soy《そい》
イラスト／m/g《めぐ》
お金儲けが大好きな伯爵令嬢の私、ユリアス。結婚も商売《ビジネス》と侯爵令息と婚約したのに「婚約破棄してやる!」と言われた。原因は庶民上がりの令嬢。どうやら彼女、私を悪役令嬢に仕立て上げるつもりのようで!?

ビーズログ文庫
婚約回避のため、
声を出さないと
決めました!!
コミカライズ企画進行中!
ウソがバレて……
“秘密の共有者”ができました。
①~②巻、好評発売中!
soy
イラスト/krage
本好き令嬢アルティナに王子との結婚話が舞い込んだ! だけどまだ結婚したくない彼女は取り下げを直訴するも、誰も聞く耳を持ってくれない。そこで声が出なくなったと嘘をついてみたら……事態は好転しだして?

ビーズログ文庫

気がついたら、前世で愛読していた少女漫画のモブキャラ、白豚令嬢に転生していた！　超おデブで性格最悪な私は、このままだと処刑エンド。回避するには人生やり直すしかない？　よし……とりあえず、ダイエットしよう！

ぷにちゃん　イラスト／藻

乙女ゲームの世界で、誰もが授かる"加護"を持たない悪役令嬢に転生したツェリシナ。待ち受けるのは婚約破棄か処刑の運命――それならゲームの醍醐味である領地運営をして、好きに生きることにします！

カドカワBOOKS

第3回 ビーズログ小説大賞

作品募集中!!

ビーズログ小説大賞では、学生から大人まで、幅広い世代の女性が楽しめるエンターテインメント小説を大募集！　新たな時代を切り開くのはいつも新人賞作品です。たくさんの読者に愛される作品の投稿、お待ちしております!!

応募締切 2020年5月11日(月)正午

応募方法は2つ!

1) web投稿フォームにて投稿

所定のweb投稿ページから投稿することができます。必要な登録事項を入力しエントリーした上で、指示にしたがってご応募ください。

※応募の際には公式サイトの注意事項を必ずお読みください。

【原稿枚数】1ページ40字詰め34行で80〜130枚。

2) 小説サイト「カクヨム」にて応募

応募作品を、『カクヨム』の投稿画面より登録し、小説投稿ページにあるタグ欄に「第3回ビーズログ小説大賞」(※「3」は半角数字)のタグを入力することで応募完了となります。応募の時点で、応募者は本応募要項の全てに同意したものとみなされます。

【応募作品規定】につきましては、公式サイトの注意事項を必ずお読みください。

※『カクヨム』から応募する場合は、『カクヨム』に会員登録していただく必要があります。
※応募方法に不備があった場合は選考の対象外となります。

＼ 詳しくはビーズログ小説大賞公式サイトをチェック! ／

https://bslogbunko.com/special/novelawards.html

■表彰・賞金

大賞：100万円
優秀賞：30万円
入選：10万円

■問い合わせフォーム

https://wwws.kadokawa.co.jp/support/contact/

※「ビーズログ小説大賞について」とご明記ください。
※Japanese text only